Nouchka

et les géants

Du même auteur
(Ouvrages pour la jeunesse)

PLON

Série « Peggy Sue et les Fantômes » :

Le jour du chien bleu
Le sommeil du démon
Le papillon des abîmes
Le zoo ensorcelé
Le château noir
La bête des souterrains
La révolte des dragons
La jungle rouge
La lumière mystérieuse

Série « Élodie » :

Élodie et le maître des rêves

LE MASQUE

Série « Sigrid et les Mondes Perdus » :

L'œil de la pieuvre
La fiancée du crapaud
Le grand serpent
Les mangeurs de muraille

BAYARD JEUNESSE

Le maître des nuages
Prisonniers de l'arc-en-ciel

LE LIVRE DE POCHE Jeunesse

Le pique-nique du crocodile

Serge Brussolo

Nouchka

et les géants

Baam!

1

La valise qui chuchotait

Tout a débuté avec la valise tombée du ciel... Oui, s'il faut un commencement à cette histoire, c'est bien avec la valise mystérieuse que tout a débuté. Cette valise qui parlait d'une petite voix nasillarde[1]. Cette valise qui chuchotait...

Mais je ne me suis pas présentée. Je m'appelle Nastaszia, ça se prononce Natacha, mais quand j'étais petite, je n'arrivais pas à le dire, alors ma mère m'a surnommée Nouchka. Ça m'est resté. J'ai 12 ans. Je suis une fille, *évidemment*.

J'ai les cheveux rouges – certains disent : carotte – et trois millions de taches de rousseur sur la figure. Bon, ça suffit pour les descriptions, c'est casse-pieds les descriptions, non ?

(Tout de même, je crois que je ne suis pas trop moche... enfin, je ne sais pas. Des fois, je me plais

1. Qui parle du nez.

bien dans le miroir, d'autres fois, pas du tout. Ça vous fait ça ?)

Revenons à la valise. J'étais sortie me promener, il y avait du brouillard et les corbeaux poussaient des cris lugubres dans la forêt. Je me suis arrêtée en bordure d'un champ pour observer un épouvantail qu'un paysan avait planté là. Il avait l'air d'un squelette frileux, le pauvre, perdu dans des vêtements trop grands.

Tout à coup, j'ai entendu un sifflement venant du ciel. J'ai levé la tête. Quelque chose tombait des nuages à une vitesse prodigieuse. J'ai d'abord pensé que c'était une météorite, mais l'objet a frappé de plein fouet l'épouvantail, le pulvérisant. J'ai attendu un moment, puis, comme je suis *très* curieuse, j'ai décidé d'aller voir. C'est ainsi que j'ai découvert la valise. Elle était plantée dans la terre, profondément, car le choc avait été rude. Quand je me suis agenouillée pour l'effleurer du bout des doigts, j'ai vu qu'elle était assez petite, mais fabriquée dans un métal bizarre, gris, qui paraissait d'une solidité à toute épreuve. D'ailleurs, le choc ne l'avait pas déformée. Ce qui relevait du miracle après une telle chute !

C'est à ce moment qu'une petite voix a résonné. *Une voix qui sortait de la valise*. Une voix qui disait :

— Tu peux m'emporter. Puisque tu m'as trouvée, désormais je t'appartiens.

J'ai été tellement surprise que j'en suis tombée sur les fesses.

— Qui es-tu ? ai-je demandé. Moi, je m'appelle Nouchka. J'ai 12 ans. Je suis née un 31 mai, je suis du signe des Gémeaux.

— Je suis la voix de la valise, a répondu la voix. Je suis magique, et je resterai avec toi tant que tu ne tenteras pas de m'ouvrir pour voir ce que je cache à l'intérieur.

— Et que caches-tu à l'intérieur ?

— Tu ne le sauras jamais si tu ne m'ouvres pas...

— D'accord, mais si je t'ouvre tu partiras tout de suite, c'est ça ?

— Oui, je m'envolerai aussitôt dans les airs. Je passerai dans les mains d'une autre petite fille.

— C'est agaçant.

— C'est la règle du jeu.

Je me suis relevée pour prendre le temps de réfléchir. Comme je l'ai déjà dit, je suis curieuse, et, à l'idée de ne jamais découvrir ce qui se dissimulait dans le ventre du curieux bagage, je me sentais déjà devenir à moitié folle. Je me suis dit : « Tu ferais mieux d'oublier ce truc, de tourner les talons et de rentrer à la maison, ce serait plus prudent. »

Au lieu de ça, j'ai demandé :

— Que viens-tu faire sur la Terre ?

— Je suis là pour t'aider. Je suis une valise qui rêve. Parfois je vois en songe les événements futurs. Si tu t'occupes de moi, je te préviendrai des dangers à venir. Je t'éviterai bien des malheurs.

— Tu seras mon amie ? ai-je insisté.

— On peut voir ça comme ça, a dit la valise. Tu seras la seule à pouvoir m'ouvrir. Les autres auront beau essayer de manipuler mes fermoirs, je ne m'entrebâillerai pas d'un millimètre.

— Mais tu viens de m'avertir que je n'avais pas intérêt à t'ouvrir ! ai-je protesté.

— *Je sais*, a ricané le bagage magique, mais je sais également que les filles sont affreusement curieuses. Celle à qui j'appartenais avant d'atterrir entre tes mains n'a pas pu s'empêcher de soulever mon couvercle. Elle a résisté un an, et puis crac ! l'envie est devenue trop forte. Dès qu'elle a fait jouer les serrures, je me suis envolé dans les airs pour atterrir ici. Tu es la suivante sur ma liste... mais si tu cèdes à la tentation de m'ouvrir, je te quitterai pour aller me placer entre les mains de la fille dont le nom suit immédiatement le tien sur la liste de distribution.

— Je ne vois pas du tout pourquoi j'aurais envie de regarder ce qui se cache sous ton couvercle, ai-je prétendu (en réalité je mentais horriblement !). Tu parles, et ça me suffit.

J'ai saisi la poignée métallique et j'ai tiré fort pour extraire la valise de terre. Sa légèreté m'a surprise. La sachant très résistante, j'avais imaginé qu'elle serait lourde. Je l'ai secouée... comme ça, pour voir... J'ai entendu des choses qui s'entrechoquaient à l'intérieur. Ça m'a embêtée, j'aurais préféré qu'elle soit vide. Une valise vide, bien sûr, on n'a pas envie de regarder dedans, c'est évident, *tandis que là...*

— Tu n'es pas vide... ai-je remarqué. Que transportes-tu ?

— Des objets merveilleux, a répondu le bagage. Des splendeurs qui défient l'imagination. Des prodiges dont tu n'as pas idée...

— Tu dis ça pour me torturer ! ai-je crié.

— Non, a murmuré tranquillement la valise. Je dis ça parce que c'est vrai. Ces objets merveilleux peuvent être à toi, il te suffit pour cela de soulever mon couvercle.

— Mais si je le fais, tu t'envoleras...

— Oui, mais tu conserveras les objets merveilleux... tout du moins si tu as le temps de les attraper avant que je ne décolle.

Mes oreilles bourdonnaient. Je ne suis pas totalement idiote, j'ai tout de même compris que la valise s'appliquait à me provoquer. J'ai pensé : « Calme-toi, ma petite ! Ne fais pas de bêtise. »

— Tu vas jouer longtemps à me taquiner ? ai-je lancé.

— Tout le temps que nous resterons ensemble. C'est la règle du jeu. J'essayerai perpétuellement de te tenter, d'attiser ta curiosité. Et je ne resterai avec toi qu'à condition que tu ne cèdes jamais à cette même curiosité. Ce sera le prix à payer si tu veux me garder. La magie fonctionne ainsi. Il y a toujours un prix à payer.

— La magie, ça craint ! ai-je grogné en empoignant le bagage pour rentrer chez moi.

Bon, voilà en gros comment je suis entrée en possession de la valise tombée du ciel. En fait, elle n'était pas du tout jolie. Juste grise, incassable, avec deux fermoirs en acier de part et d'autre de la poignée. *Deux fermoirs qui n'attendaient que d'être ouverts...*

Quand j'ai franchi le seuil de la maison, P'pa et M'man n'ont même pas remarqué que je tenais ce truc bizarre à la main. Ils sont gentils mais très rêveurs, toujours absorbés par leur travail. Leur grande obsession, c'est de transformer notre jardin en parc à thème, avec plein d'attractions, et tout ça. Ils passent leurs nuits à dessiner des personnages, des animaux, des manèges, à inventer des décors... Comme ils ne sont jamais satisfaits, ils déchirent leurs croquis et recommencent à zéro. Bref, leur grand projet n'avance pas vite. Pendant ce temps on mange des sandwiches, on porte des vêtements froissés et pleins de taches... mais bon, je ne m'en plains pas.

Ce jour-là, quand je suis rentrée, ils se disputaient à propos de l'éléphant Bonobo — un de leurs personnages — pour savoir si ses oreilles devaient être grandes ou petites. En ce qui me concerne, je m'en fichais complètement. J'ai passé l'âge des éléphants. J'ai dit : « Bonjour, les parents ! », ils ne m'ont pas entendue. Je ne leur en veux pas. Ils sont bizarres, comme tous les adultes. C'est tout. J'espère que plus tard je ne serai pas trop comme eux, mais bon, on verra...

Je suis montée dans ma chambre et j'ai posé la valise sur le lit. Le métal brillait bizarrement, comme s'il provenait d'une armure, d'une épée, d'un bouclier... Bref, ça évoquait plus une arme qu'un simple bagage. Je me suis couchée tout contre et j'ai collé mon oreille sur l'acier. J'ai entendu plein de petites voix chuchoter à l'intérieur, et rire aussi... Par moments ça galopait, comme si de minuscules personnages équipés de pieds encore plus minuscules se poursuivaient... J'ai entendu chanter, et glouglouter un ruisseau, et souffler le vent... et pépier une multitude d'oiseaux.

Je me suis redressée d'un bond. J'ai grogné : « Ce n'est pas possible, des choses pareilles ne peuvent pas se cacher à l'intérieur d'une valise ! »

J'ai compris qu'il s'agissait d'un piège. Le bagage magique essayait de piquer ma curiosité pour me pousser à l'ouvrir.

J'ai déclaré :

— Pas question ! Tu ne m'auras pas aussi facilement ! Tu crois que je n'ai aucune volonté, c'est ça ? Tu te trompes !

Mais j'ai quitté la chambre un peu trop vite, je crois, ce qui a ôté du poids à mes paroles. La porte à peine refermée, j'ai cru entendre la valise ricaner.

Je suis descendue dans le jardin. Jadis c'était un bel endroit mais depuis que M'man et P'pa se sont mis en tête de le transformer en parc d'attractions, il ressemble davantage à un chantier plein de trous, de pelles, de pioches et de sacs de ciment. P'pa s'évertue à fabriquer de petits automates qui — normalement — devraient chanter, danser, et amuser les visiteurs. Hélas, jusqu'à présent il n'a réussi à construire que d'affreux petits bonshommes qui grimacent en poussant des cris horribles. De quoi traumatiser les marmots qui commettront l'erreur d'acheter un ticket d'entrée !

J'ai de la peine pour mes parents car ils se donnent du mal pour réaliser leur rêve. Je crois, malheureusement, qu'ils se sont attaqués à quelque chose qui les dépasse. Au village, on se moque d'eux... et de moi, par la même occasion. Les travaux ont englouti nos économies. Si un miracle ne se produit pas bientôt, le parc d'attractions n'ouvrira jamais ses portes et les gens à qui nous devons de l'argent nous chasseront de la maison.

Dans la cuisine, je me suis fait des tartines. À présent, P'pa et M'man se disputaient à propos de la forme du bonnet dont ils comptaient affubler les nains mécaniques. Une fois tombés d'accord sur la forme, ils s'étriperaient à propos de la couleur...

J'ai essayé de faire durer le goûter le plus longtemps possible pour ne pas remonter tout de suite dans ma chambre, car je savais que la valise n'attendait que ça.

Pour qu'on comprenne bien ce qui va suivre, je dois vous expliquer que j'habite un village un peu spécial, dans une contrée étrange. Les gens d'ici sont *très* superstitieux, ils croient à la magie, à la sorcellerie. Depuis que je suis née, il ne s'est pas passé grand-chose, mais il paraît qu'avant ma naissance des événements formidables ont eu lieu. Les adultes les évoquent en chuchotant, lorsqu'ils se croient seuls. Certains disent : « C'était le bon temps ! » d'autres : « Pourvu que ça ne se reproduise jamais ! »

Avec ça, difficile de se faire une idée, non ?

Après avoir englouti ma troisième tartine, j'ai capitulé. La curiosité était trop forte, j'ai grimpé dans ma chambre. Une seconde, j'ai hésité devant la porte, avec l'espoir que la valise aurait disparu. Mais non, elle était toujours là, à briller doucement dans la pénombre, comme une épée sortie de son fourreau.

J'ai dit :

— Bon, où ça nous mène, tout ça ?

— Des choses terribles se préparent, a soudain murmuré la mallette, vos vies s'en trouveront bouleversées... Je vois... *Je vois un géant...* Il traverse la forêt, il vient par ici. Ça s'est déjà produit, jadis, et ça va recommencer. Ce sera un grand malheur. Tu dois tout faire pour que ça n'arrive pas.

— Un géant, ça existe ? ai-je bredouillé.

— Tu le sauras bien assez tôt, a ricané la valise.

2

La vérité sur les géants

Le lendemain j'ai tout raconté à ma copine Poppie. Poppie est très grosse, et très forte. Plus forte que les garçons de ma classe, si bien qu'ils se moquent d'elle uniquement lorsqu'elle ne peut pas les entendre, sinon ça irait mal pour eux !

Poppie a une toute petite tête, des lunettes, des cheveux noirs et des nattes qui lui descendent jusqu'aux reins. Elle s'habille toujours en rouge. Je ne sais pas pourquoi. Elle non plus. C'est ma copine.

Je lui ai montré la valise qui, pour me faire passer pour une idiote, n'a pas prononcé un mot en sa présence. Ça n'a pas étonné Poppie. Elle m'a crue sans problème.

— Les géants, ça existe ? ai-je demandé.

— Oui, a-t-elle répondu. De temps à autre ils traversent la forêt en cassant tout sur leur passage. Il paraît que l'un d'eux s'est installé ici, il y a longtemps. Les vieux du village s'en souviennent. Ma grand-mère Matilda m'en a parlé. Paraît que ça a fait du dégât.

— Pourvu que ça ne se reproduise pas... ai-je murmuré.

— Il ne faut pas croire les contes de fées, a lancé Poppie. Les vrais géants sont très timides, ils ont peur des humains et les fuient comme la peste. Le danger ne vient pas d'eux mais des hommes.

— Qu'est-ce que tu racontes ?

— La vérité. Le géant ne viendra pas chez nous si les gens du village ne l'y forcent pas. Seulement voilà, les humains ont trop à gagner dans l'affaire. Ils feront tout pour s'emparer de lui.

J'ai secoué la tête, n'y comprenant rien. Poppie a fait une grimace.

— Je vois que tu ne sais décidément rien des géants, a-t-elle soupiré. Tes parents ne t'en ont jamais parlé ?

— Non.

— Les géants sont toujours habillés de la même façon, en vert, mais ils portent sur leurs épaules une cape rouge, très longue, qui traîne derrière eux en balayant le sol. *Cette cape est magique.* Il suffit de poser le pied dessus et de prononcer un vœu pour que ce vœu soit aussitôt exaucé. Tu comprends ?

— Je crois... Les vœux ne se réalisent que si on a les pieds posés sur la cape...

— Exact. Malheureusement les géants ne s'arrêtent jamais de marcher car ils ne dorment pas. Comme ils n'éprouvent aucune fatigue, ils n'ont pas besoin de sommeil. Alors ils marchent, ils marchent sans cesse, jour et nuit. Et la cape traîne derrière eux, si bien qu'il est impossible pour un humain d'y poser le pied. Autant essayer de se tenir en équilibre sur la queue d'un dinosaure qui galope. Tu vois le problème.

J'ai encore une fois hoché la tête en signe de bonne volonté. Je me sentais idiote car Poppie, grâce à sa grand-mère, en savait plus que moi.

— Le seul moyen pour un homme de marcher sur la cape magique, a repris mon amie, c'est de forcer le géant à s'arrêter. Ce qui, je le répète, n'est pas dans sa nature.

— Et comment fait-on ?

— En ayant recours à la traîtrise. Les géants sont gourmands de pommes. Il suffit donc de badigeonner les fruits d'un verger avec une potion somnifère[1] pour les faire sombrer dans le sommeil. Le géant une fois endormi, on peut enfin grimper sur sa cape et bénéficier de ses pouvoirs magiques.

— Et tu crois que c'est ce qui va arriver ici ?

— Oui, ma grand-mère raconte que les gens du village l'ont déjà fait, bien avant notre naissance, et que ça a failli tourner à la catastrophe. Il ne faut surtout pas que ça se reproduise.

Après avoir réfléchi, j'ai dit à la valise :

— Tu peux parler devant Poppie, c'est mon amie. Elle ne nous trahira pas. Il nous faut aller dans la forêt, voir ce géant de plus près. Peux-tu nous aider ?

1. Qui provoque artificiellement le sommeil.

— Oui, a répondu la mallette. Cramponne-toi à ma poignée et serre très fort la main de Poppie. Ne la lâche surtout pas. Je vais vous conduire là-bas.

J'ai obéi. Alors il s'est passé une chose extraordinaire. La valise est devenue plus légère qu'un ballon de baudruche, elle s'est élevée dans les airs, comme un oiseau, nous entraînant à sa suite, ma copine et moi. C'était merveilleux et effrayant. Très vite, nous avons commencé à voler au-dessus des toits du village, des champs, pour atteindre la forêt. Là, la valise a perdu de l'altitude pour se poser au sommet d'une colline. Le voyage avait été si rapide que nous n'avons pas eu le temps d'avoir peur.

— *Cool !* a soufflé Poppie, c'est mieux qu'un ballon dirigeable.

La forêt s'étendait autour de nous, épaisse, sombre, nous encerclant de ses arbres énormes. C'est un endroit où personne ne vient jamais car il a mauvaise réputation ; on le prétend habité par des loups-garous.

— À présent, regardez la cime des arbres, a chuchoté la valise. Si vous la voyez bouger, c'est qu'un géant est en train de se frayer un chemin à travers bois. Il vous faudra aller dans cette direction.

Nous n'avons pas eu à attendre longtemps. Soudain, à une centaine de mètres devant nous, les branches ont commencé à s'agiter, comme sous l'effet d'un vent violent. Tout à coup, j'ai entraperçu un grand visage verdâtre parmi les feuilles ! Une tête énorme, aussi grosse qu'un éléphant, auréolée de cheveux verts, eux aussi. J'ai failli pousser un cri.

Puis les branches se sont refermées et l'immense figure a disparu.

— Ils n'aiment pas se montrer, a expliqué la valise. Ils se méfient des humains.

Le sol tremblait sous les pas du géant. J'avais l'impression de marcher sur la peau d'un tambour. Malgré tout, nous nous sommes enfoncées dans la forêt. Le spectacle était formidable. Le colosse était si grand que son crâne frôlait la cime des arbres les plus hauts. Ses vêtements semblaient avoir été tissés à partir de lianes et de morceaux d'écorce. Ses cheveux étaient constellés de feuilles arrachées aux branches. Il avançait d'une démarche lourde et hésitante, sans but précis. Quand le passage devenait trop étroit, il écartait les arbres d'un coup d'épaule, arrachant parfois les racines de terre, ou faisant éclater les troncs. Des branches brisées et des lambeaux d'écorce ont commencé à pleuvoir sur nos têtes et je me suis dit que nous allions finir piétinées. Il était si pesant que ses pieds nus creusaient des trous dans le sol, des trous assez profonds pour qu'un cheval s'y engloutisse jusqu'aux oreilles !

Mais le plus incroyable, c'était l'immense cape rouge fixée sur ses épaules... Elle ruisselait et scintillait comme un fleuve de sang. On n'aurait pas cru du tissu, plutôt une espèce de liquide sinuant [1] au ras du sol avec la souplesse d'un immense serpent... J'en ai eu le souffle coupé.

— C'est beau ! a bredouillé Poppie, les yeux écarquillés par la stupeur.

Pendant un moment nous avons oublié le vacarme des arbres en train de s'écrouler, des branches arra-

1. Se déplacer en se tortillant.

chées, pour contempler la cape magique qui filait à ras de terre.

Poppie a fait un pas en avant, une expression hallucinée sur le visage.

— Si je réussis à grimper dessus, je pourrai demander ce que je veux, a-t-elle balbutié. Mon vœu se réalisera. J'en ai assez d'être grosse... je vais tenter ma chance. Ma grand-mère Matilda m'a dit qu'il faut rester dix secondes debout sur la cape pour que ça fonctionne.

Je l'ai retenue par le bras.

J'ai dit :

— Tu es folle ! Tu vas te faire piétiner ! Et puis la cape se déplace trop rapidement, tu ne pourras jamais la rattraper.

Poppie s'est dégagée d'une bourrade, me repoussant. Elle a crié :

— Tant pis, je tente le coup ! Je vais souhaiter devenir mince et belle !

Je n'ai pas pu l'empêcher. Elle s'est élancée dans le sillage du géant. Hélas, à cause de son poids elle ne courait pas très vite ; il faut dire aussi que la cape se tortillait sans cesse, comme une queue de dinosaure. Un coup à droite, un coup à gauche. J'avais très peur que Poppie se fasse écraser par un arbre, ou que le géant pose le pied sur elle par mégarde. À force de s'obstiner, elle a toutefois réussi à attraper le bout de la cape et à se hisser dessus. J'ai commencé à compter : 1, 2, 3...

À 4, Poppie a perdu l'équilibre et roulé sur le sol. C'était raté. J'ai alors constaté que tout ce que le tissu rouge frôlait se réparait comme par miracle.

Les arbres brisés se redressaient, les trous dans le sol se bouchaient, les branches cassées se recollaient...

— Normal, a dit la valise. C'est à ça que servent les capes magiques, à camoufler le passage des géants pour éviter qu'on puisse les suivre à la trace. C'est leur manière à eux d'effacer leurs pas.

Au fur et à mesure que le géant s'éloignait, la forêt reprenait son apparence habituelle et se refermait derrière lui. La cape effaçait tout. C'était comme si rien ne s'était passé.

Poppie a rebroussé chemin, déçue.

— J'ai bien failli réussir, a-t-elle bougonné. Mais j'avais l'impression d'être sur le dos d'un cheval au galop. Faut un sacré sens de l'équilibre pour rester dix secondes sans se faire éjecter.

— Vous comprenez maintenant pourquoi les humains ne peuvent rien obtenir des géants tant que ceux-ci ne se sont pas immobilisés ? a lancé la valise. Pour profiter des pouvoirs de la cape, il faut pousser les colosses à s'asseoir.

— Et c'est vraiment catastrophique si ça se produit ? ai-je demandé, car j'avais dans l'idée que la valise exagérait la gravité de la chose pour se donner de l'importance.

— Si tu veux t'en convaincre, marche jusqu'au bout de ce chemin, a répondu le bagage. Tu pourras visiter le village de Moulinon, qui, il y a quinze ans, a réussi à endormir un géant en le gavant de pommes aspergées de somnifère.

Comme je n'avais rien de mieux à faire, j'ai dit : « Bon, on y va. »

Nous avons marché un quart d'heure avant de déboucher dans une clairière. Là, j'ai écarquillé les yeux. En guise de village, nous avons découvert un champ de ruines. Rien que des maisons détruites, incendiées. Quand j'ai voulu avancer, je me suis aperçue que les rues étaient bloquées par les squelettes d'animaux horribles — des dragons sans doute ? — dont les ossements jaunis bouchaient le passage.

— Par le dentier de ma grand-mère ! a juré Poppie, regarde un peu les griffes et les crocs de ces bestioles ! Je ne savais pas qu'il existait des monstres pareils dans la forêt.

— Il n'en existait pas ! a coassé une voix derrière nous. Ce sont les gens d'ici qui les ont créés.

J'ai sursauté, car la voix ne semblait pas provenir d'une bouche humaine. Quand je me suis retournée, j'ai vu un drôle de bonhomme sortir des décombres. Il était vieux, très sale, et son visage semblait moitié celui d'un humain, moitié celui d'un crapaud. Je n'en aurais pas voulu pour fiancé, ça, c'est sûr ! *Les doigts de sa main gauche étaient palmés...*

Poppie ne s'est pas dégonflée. Elle a regardé l'inconnu droit dans les yeux et demandé :

— Qu'est-ce que vous voulez dire par là ?

— Jadis on m'appelait Maître Jacques, a coassé la créature. J'étais le meunier de Moulinon, un joli village en vérité. Aujourd'hui on me surnomme Crapoton, je pense que vous devinez pourquoi...

J'ai essayé de n'avoir pas l'air trop dégoûtée et j'ai lancé :

— Que s'est-il passé ici ? Il y a eu la guerre ou quoi ? Et d'où sortent ces squelettes de dragons ?

— Suivez-moi, mes jolies, a ricané Crapoton, je vais vous faire visiter les lieux. Je suis l'unique survivant de Moulinon. Tous les autres se sont entretués au cours d'une guerre sans merci.

Pour traverser le village il nous a fallu enjamber les ossements de dinosaures entassés au milieu des rues. Certaines façades portaient encore les traces de coups de griffes. À l'intérieur des maisons en ruine, il y avait des squelettes humains, *à moitié dévorés...*

Crapoton nous a conduites à la lisière de l'ancien village. Là, se dressait un trône de pierre, colossal... Un fauteuil de granit assez haut pour qu'un géant puisse s'y asseoir. Tout autour, s'étendait un champ de pommiers rabougris.

— C'est ici que tout a commencé, a marmonné Crapoton. Quand nous avons su qu'un géant se promenait dans la forêt, nous avons décidé de l'attirer chez nous en plantant des pommiers... Les géants raffolent des pommes...

— Je sais, ai-je complété, et vous avez badigeonné ces fruits avec du somnifère, pour l'endormir, mais *ensuite*, que s'est-il passé ?

— Le géant, vaincu par l'assoupissement, s'est assis sur ce trône, et s'y est endormi, a répondu notre curieux guide. Nous en avons profité pour dérouler sa cape sur l'herbe...

— Et vous êtes tous grimpés dessus pour formuler des souhaits, a achevé Poppie.

— Oui, moi le premier, aussi vrai que je m'appelais Maître Jacques. Nous ne savions pas, alors, que nous mettions la main dans un engrenage terrifiant. La magie est une chose terrible, jeunes demoiselles. On s'y habitue vite ! Nous avons fini par considérer les miracles comme des phénomènes naturels, *il nous en fallait toujours plus* ! Jamais nous n'étions rassasiés. Chaque prodige en appelait un autre. Chacun voulait devenir plus grand, plus beau, plus riche, plus puissant que son voisin. La jalousie a engendré la haine, et la haine a déclenché la guerre. Une guerre de sorciers, effroyable, hideuse. La magie de la cape autorisait tous les sortilèges... Certains n'ont pas hésité à créer une armée de dragons. C'est ainsi que Moulinon s'est changé en un tas de décombres.

À cette seconde, Crapoton a posé sa patte palmée sur mon épaule. J'ai dû faire un effort pour ne pas frissonner.

— Écoute bien, petite, a-t-il soufflé en approchant son visage difforme du mien, crois-en la parole d'un survivant, si les gens de ton village se mettent en tête d'attirer un géant pour user de sa cape, décampe aussitôt... cours aussi vite et aussi loin que tu peux avant d'être anéantie par ce qui ne manquera pas d'arriver !

— Merci du conseil, ai-je bredouillé. Maintenant je pense que nous allons rentrer chez nous.

J'ai reculé, suivie par Poppie. Crapoton nous regardait. Alors que nous nous enfoncions dans la forêt, il s'est mis à gesticuler en criant :

— La magie, c'est le pire des pièges que les démons ont inventé ! Un piège pour les imbéciles ! N'y succombez pas !

J'en ai eu froid dans le dos, je l'avoue, et pourtant je ne suis pas trouillarde... enfin pas trop.

— Qu'est-ce qu'on fait ? a chuchoté Poppie. Tout ça ne me dit rien qui vaille. Tu imagines, si ce genre de truc arrivait chez nous ?

— Ça va se produire, a nasillé la valise au bout de mon bras. Du moins si vous ne tentez rien pour l'empêcher.

— Dis-nous quoi faire, alors ! ai-je crié car je commençais à être gavée de diableries.

— Au bout de ce chemin, à deux kilomètres, se dresse une tour de guet, a expliqué la mallette. Vous ignorez son existence car c'est un secret jalousement gardé par les adultes. Au sommet de cette construction, un homme surveille la forêt, jour et nuit. Il guette les géants. Si l'un d'eux a la mauvaise idée de prendre la direction de votre village, l'alerte sera donnée. Alors, les gens de chez vous mettront en place un piège semblable à celui que vous avez pu contempler à Moulinon : un trône de pierre, des pommiers drogués... Vous connaissez la suite.

Je n'en revenais pas. Je commençais à comprendre que les adultes nous cachaient beaucoup de choses.

— Marchez jusqu'à la tour de guet, poursuivit la valise. Une fois en bas, je vous apprendrai une formule magique qui empêchera le guetteur de voir les géants. Il aura beau scruter les bois, les colosses lui seront désormais invisibles.

J'ai pensé que c'était une bonne idée. Nous avons pris le chemin indiqué. Mes pieds me faisaient mal. Le sentier n'en finissait pas. Enfin, nous avons vu se dresser une immense tour en bois dont le dernier étage dominait la forêt et permettait de voir jusqu'à la ligne d'horizon. Un homme se tenait accoudé à la rambarde, tout en haut, mais je ne pouvais distinguer son visage. Une échelle interminable permettait d'accéder à la plate-forme de surveillance. Une échelle en bois, vermoulue, qui paraissait avoir deux cents ans...

— On y est... a soufflé Poppie en s'asseyant sur une souche car elle avait les pieds en sang.

— Maintenant, il faut que l'une de vous grimpe au sommet, a expliqué la valise. Elle regardera le guetteur bien en face en prononçant la formule suivante *Castiga Oxos Ferris Murantes Velanos Maximus Arrastrix,* puis soufflera sur les paupières de l'homme. À partir de cet instant, le guetteur deviendra incapable de repérer un géant même si celui-ci dansait la gigue sous son nez.

— Moi, je ne peux pas monter, je suis trop grosse, a décidé Poppie.

— Et si tu nous transportais là-haut par magie ? ai-je suggéré à la mallette.

— Non, a-t-elle répondu, tu dois payer pour la formule que je viens de te révéler. C'est ça la magie, il faut toujours payer d'une manière ou d'une autre. Les efforts que tu fourniras serviront de monnaie d'échange.

J'ai examiné l'échelle. Elle devait avoir trois mille barreaux, *au moins...*

— Attention, a fait distraitement la valise, c'est une échelle magique chargée de protéger le veilleur. Si elle devine que tu lui veux du mal, elle mettra tout en œuvre pour t'empêcher de grimper jusqu'à la plate-forme.

— Ah oui ? ai-je ricané. Elle va lire dans mes pensées ?

— Oui, voilà pourquoi tu devras penser à n'importe quoi sauf à ce que tu vas vraiment faire là-haut. Récite-toi les tables de multiplication, chante des chansons, mais ne pense surtout pas à ta mission.

— Je vais oublier la formule magique si je ne me la répète pas tout le temps !

— Écris-la dans ta main !

— J'ai pas de crayon !

— Moi si, est intervenue Poppie.

Elle a sorti un feutre de sa poche et a recopié les mots bizarres au creux de ma paume. J'ai ronchonné. Nom d'un haricot bleu ! Cette fois je n'avais plus de prétexte pour éviter de grimper...

J'ai dit :

— J'y vais.

— On t'attend, a ricané l'agaçante valise. D'en bas on verra mieux, surtout si tu tombes.

Bon, j'ai empoigné le premier barreau en entamant la table de multiplication par 2. « 2 fois 2, 4, 2 fois 3... » vous la connaissez, je vais pas vous la réciter. Le bois de l'échelle était poisseux sous mes doigts, comme l'écorce d'un pin imprégné de résine. Ça collait pénible. Comme je l'ai déjà dit, l'échelle était interminable. *Elle bougeait dans le vent...* J'ai très vite eu froid. Je n'osais pas regarder en bas. Je continuais à réciter mes tables en essayant de ne pas penser à ce que je devrais faire une fois en haut. J'avais la trouille de lâcher prise et de tomber.

Ça a bien fonctionné jusqu'à mi-hauteur, et puis... et puis je ne sais pas ce qui s'est passé, je crois que l'échelle magique, à force de sonder mon esprit, a fini par sentir que je lui cachais quelque chose. *Des épines ont commencé à pousser sur les barreaux.*

Vous avez déjà empoigné un rosier à pleines mains ? Oui, alors vous voyez ce que je veux dire. Au début les épines étaient toutes petites, et puis, au fur et à mesure que je grimpais, elles se sont mises à grossir. Comme j'avais mal, j'ai cessé de me réciter les tables de multiplication, si bien que le brouillage qui empêchait l'échelle de lire dans mes pensées est devenu inefficace. Du coup, les épines se sont multipliées. J'avais les mains en sang et je pleurais comme une fontaine. J'ai pensé : « Il faut tout de même que j'arrive au sommet, sinon le guetteur apercevra le géant et mon village finira comme celui du pauvre Crapoton... »

Ça me donnait du courage.

À un moment, j'ai arrêté de grimper et je suis restée sur le même barreau, à chanter une chanson idiote en me concentrant sur les paroles. Les épines se sont faites plus petites ; certains, même, ont disparu. Le bois des barreaux est redevenu lisse. Ouf ! C'était pas dommage.

Le sommet n'était plus très éloigné mais comme j'avais les mains pleines de sang, j'avais peur de lâcher prise, alors je les ai essuyées sur les vêtements.

Ça a continué comme ça encore un bon moment, mais j'abrège sinon ça deviendrait embêtant. Enfin, j'ai pris pied sur la plate-forme, tout au sommet de la tour de guet. Le vent m'a coupé le souffle. On dominait la forêt, on voyait jusqu'à la ligne d'horizon. C'était magnifique. À cause des bourrasques le guetteur ne m'a pas entendue approcher. Il se tenait penché sur la rambarde, des jumelles rivées aux yeux.

J'ai pensé : « J'arrive à temps, à ce train-là il va finir par repérer le géant qu'on a croisé tout à l'heure. »

Je savais que s'il ne prévenait pas les gens de chez nous assez tôt, ceux-ci n'auraient pas le temps de mettre le piège en place (le trône, les pommes, et tout ça...) et que le colosse passerait sans s'arrêter.

À cet instant une planche a craqué sous ma semelle, le veilleur a sursauté. Quand il s'est retourné, j'ai reconnu celui qu'on surnomme Bizu, l'ouvrier communal.

— Hé ! a-t-il lancé, un peu étonné, je te connais ; tu es la petite Nouchka. Qu'est-ce que tu fais ici ? C'est dangereux !

Au lieu de répondre, j'ai regardé dans ma main pour lire la formule magique que j'avais volontairement oubliée au cours de l'escalade. *Hélas, le sang l'avait effacée !* Il n'y avait plus qu'un barbouillis illisible ! J'en aurais pleuré de rage. Tout ça pour rien !

Bizu allait dire un truc quand, soudain, son regard a été attiré par quelque chose, sur la droite. Il s'est détourné pour s'appuyer à la rambarde. J'ai compris qu'il avait repéré le géant... C'était fichu, je ne pouvais plus rien faire.

— *C'est ça !* C'est bien ça ! a-t-il bredouillé, tout excité.

Et il s'est précipité sur la cloche pour donner l'alarme. Le tintement s'est envolé par-dessus la forêt, en direction du village. Désormais, tout le monde savait qu'un géant se promenait dans le coin... et qu'il fallait se hâter d'installer le piège dans lequel il ne manquerait pas de tomber.

3
Le piège

La valise nous a ramenées au village. Je n'étais guère contente de la tournure prise par les événements... et j'avais très mal aux mains. Poppie m'a fait asseoir sur une souche et a extirpé les épines plantées dans mes paumes. C'était super douloureux mais je n'ai pas pleuré... au lieu de ça, j'ai proféré un tas de gros mots. Poppie se bidonnait. On s'est séparées car il était tard. Quand je me suis engagée dans la rue principale, j'ai vu que les gens avaient déjà perdu la boule. Ils couraient en tous sens, riaient et s'interpellaient comme s'ils avaient gagné au Loto.

« Le géant ! répétaient-ils, le géant ! Il arrive ! »

À les entendre, on aurait cru qu'ils parlaient du Père Noël. J'ai eu envie de leur crier : « Allez donc faire un tour à Moulinon, vous verrez ce que ça leur a coûté d'en capturer un ! », mais bon, j'ai laissé tomber, je suis une gamine et personne ne m'aurait écoutée.

À la maison c'était pas mieux, P'pa et M'man souriaient aux anges d'un air crétin. J'avais à peine posé le pied dans le salon qu'ils m'ont sauté dessus.

— Tu te rends compte ? a crié P'pa, un géant s'approche du village. C'est la chance de notre vie !

— J'vois pas pourquoi... ai-je marmonné, l'air buté.

— Mais si, a insisté Maman, grâce à la cape magique nous pourrons rendre vivantes les statuettes de notre futur parc d'attractions ! *Au lieu d'utiliser des automates nous disposerons de vrais personnages vivants !* Des éléphants miniatures, des chevaux de la taille d'une souris... Tout ça réel !

— Des souris grosses comme des chiens, a complété P'pa.

— Des licornes volantes, a repris M'man.

— Des baleines roses qui chantent, a surenchéri Papa.

— Des lions qui jouent de la guitare...

— Un univers fabuleux qui tiendra à l'intérieur d'une valise et que nous pourrons exhiber d'un bout à l'autre du pays. Nous allons devenir riches et célèbres !

J'ai compris que ce n'était pas la peine de protester, ils ne m'entendraient pas. Ils se voyaient déjà en montreurs de merveilles, ébahissant les foules ; faisant défiler, devant les enfants éblouis, les créatures extraordinaires auxquelles la cape magique aurait donné vie.

— Va falloir fabriquer d'autres figurines, a décidé mon père, soudain préoccupé. Plus originales que celles que nous avons modelées jusqu'à présent.

Une seconde j'ai failli me laisser prendre à leurs délires. J'ai imaginé ce qui se passerait si mes vieilles poupées Barbie devenaient vivantes, et aussi mes anciennes peluches... *Pour ça, je n'aurai qu'à les déposer pendant dix secondes sur la cape du géant !* Ça me ferait des tas d'amis. J'ai essayé de me représenter ce que ça donnerait, une pleine valise de Barbies vivantes... Mais non, c'était idiot, elles se jalouseraient, se piqueraient leurs fringues, se flanqueraient des gifles... au bout du compte elles se sauteraient à la gorge pour s'arracher les cheveux, ça finirait en bataille rangée. La guerre des poupées ! Quant aux peluches, est-ce que l'ours ne serait pas tenté de dévorer le lapin ? Va savoir !

Faut se méfier de la magie, ça ne se passe jamais comme dans les contes de fées où tout est génial. Dans la réalité, la magie, ça va toujours de travers, et on finit par être le dindon de la farce. On ne m'ôtera pas ça de la tête. Je n'ai jamais compris pourquoi les gens veulent tous devenir des sorciers. Les vraies sorcières ne sont guère sympathiques. La plupart du temps elles fabriquent des poisons pour assassiner le pauvre monde... ou pire encore !

Un peu plus tard j'ai essayé de ramener mes parents à la raison. Je leur ai parlé de Moulinon, des ruines, de Crapoton... Ils ont refusé de m'écouter.

— Des racontars, a décidé P'pa. Des légendes... et même si c'était vrai, les gens d'ici ne sont pas comme ça. Il ne leur viendrait pas à l'idée de créer une armée de dragons pour se faire la guerre. Nous avons la tête sur les épaules, nous sommes raisonnables.

Bon, j'avais essayé, hein ? J'ai décidé d'attendre et de voir venir.

Je suis montée me coucher. Une fois étendue sur mon lit, j'ai posé la valise sur l'oreiller. J'ai surpris des rires à l'intérieur... et aussi des échos de fête foraine ; une musique de manèges. On aurait dit que des gens minuscules vivaient entre les parois du bagage et s'y amusaient comme des fous. Brusquement j'ai eu envie de les rejoindre. Je me suis demandé si, en entrebâillant le couvercle, je ne pourrais pas me glisser dans la mallette et devenir, moi aussi, toute petite ? Peut-être que tout le monde était heureux là-dedans ? Peut-être que la valise contenait un pays fabuleux, en miniature. Je veux dire un vrai pays, avec des fleuves, des montagnes, des forêts, où la misère, la peur et le malheur n'existaient pas...

Je me suis redressée sur un coude et j'ai posé la main sur le fermoir. Une voix, dans ma tête, chuchotait : « Qu'attends-tu ? Tu n'as pas encore compris que c'est une mallette magique ? Dès qu'on l'ouvre, on se met à rapetisser, alors on peut pénétrer dans cet univers merveilleux où tout le monde est heureux. Alors la valise se referme, et tu n'as plus rien à craindre des dangers de l'extérieur. Le couvercle t'en protégera à jamais, car rien ne peut le détruire. »

J'ai bien failli relever le fermoir, puis j'ai compris qu'il s'agissait d'un piège, d'une épreuve, et que le bagage ensorcelé essayait encore une fois de me tenter.

J'ai dit : « Pas si bête ! », et je me suis recouchée.

Mes parents ont travaillé toute la nuit comme des fous pour modeler de nouvelles figurines qu'ils espéraient rendre vivantes grâce à la cape magique.

Le matin, j'ai avalé mon déjeuner et je suis sortie. Une mauvaise surprise m'attendait ; à la lisière du village les gens avaient déjà commencé à bâtir le trône de pierre où le géant s'assiérait pour déguster ses pommes.

Poppie m'a rejointe.

— Ça y est, a-t-elle annoncé, ils plantent les pommiers.

— Ils n'auront jamais le temps de pousser ! ai-je objecté.

Ma copine a haussé les épaules.

— Mais si, a-t-elle soupiré, les jardiniers utilisent des semences magiques. Les arbres grandissent en une heure, avant midi ils donneront des fruits.

J'ai réalisé qu'elle disait vrai. Autour du trône gigantesque s'étendait à présent un verger qui n'existait pas la veille. Des dizaines et des dizaines de pommiers aux branches surchargées de gros fruits d'un rouge éclatant.

Pendant que nous nous promenions dans les allées de ce jardin bizarre, j'ai repensé à la mallette. Je me suis demandé si toutes les filles qui l'avaient eue entre les mains n'avaient pas fini par se changer en de minuscules créatures qui, sitôt leur transformation accomplie, s'étaient empressées de trouver refuge sous le couvercle métallique...

J'en ai parlé à Poppie. J'ai dit :

— Si ça se trouve, toutes celles qui m'ont précédée ont cédé à la tentation. Elles ont ouvert la valise... depuis, elles vivent à l'intérieur, pas plus grosses que des fourmis.

— Tu veux dire « prisonnières » ?

— Pas forcément. Elles sont peut-être heureuses. Imagine que le bagage cache un pays merveilleux. Un pays où les enfants sont rois, où l'on ne fait rien que s'amuser.

— Tu crois que la mallette ment ?

— Possible. En tout cas, elle fait de son mieux pour me donner envie de l'ouvrir.

— *Et si c'était une sorte de prison ?* Une prison pour enfants trop curieux ?

J'ai frissonné. Tout était possible.

Un peu plus tard, Madame Mélanie, la pharmacienne du village, s'est avancée sur la grand-place, porteuse d'une marmite emplie d'un liquide rouge dont s'élevait un parfum de tarte aux pommes. Un parfum si puissant qu'il finissait par donner mal au cœur.

Elle a frappé dans ses mains pour réclamer l'attention des gens rassemblés aux abords du verger (dont les arbres continuaient à pousser à toute allure !).

— Elle n'est pas seulement pharmacienne, a soufflé Poppie à mon oreille, c'est aussi — *et surtout* — une sorcière.

J'ai fait la grimace. Je n'aime ni les sorciers ni les magiciens – je l'ai déjà dit, je crois ? –, j'estime que ce sont des tricheurs. Ils ne se donnent jamais le moindre mal pour obtenir ce qu'ils veulent. Ils prononcent une formule magique, et *pof*, le truc apparaît. Trop facile !

La mère Mélanie a posé sa marmite sur le sol et levé les bras. C'était son quart d'heure de gloire, elle se faisait un film.

— Je m'adresse plus particulièrement aux enfants, a-t-elle lancé. Le produit qui se trouve dans cette marmite, et dont je vais badigeonner les pommes, est un puissant somnifère destiné au géant. Si un humain en absorbe, il s'endort pour ne plus se réveiller. On aura beau lui brûler la plante des pieds, lui planter des aiguilles dans les fesses, rien ne le tirera plus du sommeil... Il mourra de faim, de soif, sans jamais se réveiller. Vous êtes prévenus ! Refrénez votre gourmandise. Le parfum délicieux que vous reniflez en ce moment fait partie du piège. N'y succombez pas.

J'ai vu que Poppie, qui se léchait les babines, était déçue.

Mélanie s'est alors emparée d'un pinceau et, donnant l'exemple aux adultes, a commencé à enduire chacune des pommes avec l'élixir de la marmite. Mes parents ont fait comme les autres, ça m'a agacée.

Au bout de deux heures le piège était en place. Les pommiers oscillaient dans le vent, agitant leurs fruits comme autant d'appâts ; le trône de pierre grise semblait dire : « Prenez place et déjeunez à votre aise, mon bon seigneur... »

— Que tout le monde rentre chez soi, a crié le maire. Il ne faut pas effaroucher le géant, vous savez qu'ils sont timides et fuient la compagnie des humains. S'il nous voit, il refusera de sortir de la forêt.

La population a reflué en désordre, comme si on lui disait : « Ne restez pas au pied du sapin, sinon le Père Noël ne passera pas ! »

J'ai été séparée de Poppie. M'man m'a agrippée par la main pour me traîner à la maison. Sans doute avait-elle peur que je ne puisse me retenir de grignoter les pommes barbouillées de somnifère ?

De retour à la villa nous sommes grimpés au grenier. Là, P'pa a entrebâillé la lucarne et, serrés les uns contre les autres, nous avons scruté[1] la forêt. L'odeur des pommiers était atroce. On ne sentait plus qu'elle ! À vous dégoûter de manger de la compote pendant mille ans !

— Tu crois qu'il va venir ? a demandé M'man d'une toute petite voix.

— Je l'espère, a répondu P'pa. C'est notre unique chance de ne pas être fichus dehors par le propriétaire. Nous devons de l'argent à tout le monde. Seule la magie peut encore nous sauver.

J'allais dire que je n'étais pas d'accord quand les arbres ont bougé. Les feuilles s'agitaient, les branches craquaient. J'ai pensé : « Nom d'un haricot rouge ! le géant arrive ! »

1. Surveiller avec beaucoup d'attention.

Au fur et à mesure qu'il se rapprochait du village le sol tremblait un peu plus fort. On avait l'impression d'être pris dans un séisme[1]. Autour de nous les livres dégringolaient des étagères, les portes des armoires s'ouvraient toutes seules. On entendait les assiettes glisser hors du buffet pour se briser les unes après les autres sur le carrelage de la cuisine. J'ai commencé à avoir vraiment peur quand j'ai vu des lézardes se dessiner sur les murs du grenier et les tuiles se décrocher du toit. J'ai pensé que la maison allait s'écrouler et nous ensevelir sous ses décombres. M'man m'a serrée contre elle en me caressant les cheveux. Elle ne cherchait même plus à cacher qu'elle était terrifiée.

— *Le voilà !* a hurlé P'pa.

La forêt s'est ouverte par le milieu, comme si les arbres étaient des rideaux qu'on écartait, et le géant est apparu, immense, avec sa barbe et ses cheveux verts qui semblaient faits de mousse ou d'herbes emmêlées. Son nez frémissait au milieu de son visage immense, et sa langue passait et repassait sur ses lèvres, en une mimique de gourmandise.

— Il a flairé les pommes ! a chuchoté mon père d'une voix étranglée.

— On dirait qu'il ne nous voit même pas... a gémi Maman. Pour lui nous sommes des fourmis. Pourvu qu'il ne poursuive pas son chemin à travers le village en piétinant les maisons !

J'étais en train de penser la même chose. Que se passerait-il si le piège ne fonctionnait pas ? Si, au lieu de s'asseoir pour entamer son repas, le colosse

1. Tremblement de terre.

continuait droit devant, d'un pas allègre, sans s'étonner des petits craquements que les maisons feraient naître sous ses semelles en éclatant les unes après les autres ?

À l'orée de la futaie[1], le colosse hésitait, le nez toujours froncé. Son instinct lui criait-il de se méfier de ce verger trop odorant ?

J'ai eu envie de lui crier : « Va-t'en ! retourne sur tes pas ! Enfonce-toi dans les bois et ne reviens jamais par ici ! »

Hélas, il s'est avancé d'un pas, puis de deux. Derrière lui, la forêt s'est refermée. Ça y était ! il marchait vers le village, les yeux baissés, ne voyant plus que les pommiers. La cape magique, rouge, immense, traînait derrière lui. Il a hésité encore une fois, puis, se laissant tomber sur le trône de granit, a tendu la main vers l'arbre le plus proche. Le saisissant entre deux doigts, il l'a arraché du sol, l'a posé sur ses genoux, et a commencé à cueillir les pommes une à une pour les porter à sa bouche, comme vous feriez avec une grappe de raisins.

Il a souri bêtement, déraciné un second pommier, et a repris son manège...

J'ai pensé : « Les fruits sont minuscules, il faudrait qu'il en absorbe une sacrée quantité pour que le somnifère agisse... »

Je craignais que, sentant l'assoupissement le gagner, il ne se doute du traquenard, et, furieux d'avoir été pris pour un idiot, ne se redresse pour sauter à pieds joints sur le village !

1. Forêt.

Sûr que nous l'aurions bien mérité, mais, bon, je n'avais pas envie de finir aplatie comme un vieux chewing-gum.

Au bout du sixième arbre, sa tête s'est mise à dodeliner. Il souriait de plus en plus bêtement et mangeait les yeux à demi fermés. Le sommeil s'emparait de lui, mais la gourmandise était plus forte que tout. Peut-être, également, mettait-il l'endormissement sur le compte de la digestion ?

— Ça y est ! a triomphé P'pa. Il s'endort.

— Combien de temps cela durera-t-il ? a demandé ma mère, inquiète. Deux jours, trois... une semaine ?

— Davantage, a répondu Papa sans plus de précisions.

En fait, je crois qu'il n'en savait rien !

— Il ne risque pas de mourir de faim ? ai-je chuchoté.

Mon père a secoué la tête et affirmé :

— Non, les géants ne sont pas bâtis comme nous. Leur corps ne renferme pas d'organes semblables aux nôtres. Ils sont vraiment, vraiment, *très différents*... Ils peuvent dormir un an sans être le moins du monde incommodés.

— Oui, mais lorsqu'il se réveillera, ai-je insisté, il sera de mauvaise humeur ?

— Sans doute, a coupé P'pa avec impatience, mais quand ça se produira, nous serons partis depuis longtemps. Nous aurons déjà entamé notre tour du monde pour présenter nos petits personnages aux enfants du royaume.

Mentait-il pour me rassurer ? Je me suis promis d'interroger la valise à ce sujet.

Enfin, la tête du géant a roulé sur sa poitrine. Il dormait à poings fermés en produisant un ronflement sourd.

Nous sommes restés là, à attendre, n'osant sortir les premiers. J'ai pensé : « Et si c'était une ruse ? s'il faisait semblant de dormir pour mieux nous laisser l'approcher... »

Le maire et Mélanie, la pharmacienne, sont apparus à la lisière du verger. Ils avançaient sur la pointe des pieds, s'arrêtaient, se cachaient derrière un arbre, puis repartaient... Par sauts de puce successifs ils sont arrivés au pied du trône. Enfin, le maire s'est tourné vers le village en faisant de grands gestes pour nous signifier que le piège avait fonctionné.

Je me suis sentie triste pour le géant, et honteuse pour nous tous.

Alors les gens sont sortis de chez eux, d'abord avec timidité, puis de plus en plus bruyamment, et ils ont dansé autour du siège de granit en criant des moqueries au colosse endormi. J'ai trouvé ça nul.

— On y va ! a lancé mon père, il faut que je surveille les préparatifs de la loterie.

Et il est parti devant, en courant presque, sans nous attendre.

J'ai demandé à Maman :

— De quoi parle-t-il ?

— Les gens du village vont avoir le droit de s'installer sur la cape magique pour bénéficier de ses pouvoirs, m'a-t-elle expliqué. Mais certains prétendent qu'il existe des emplacements meilleurs que d'autres. Davantage gorgés d'énergie... tu comprends ? Si l'on se pose à un bon emplacement, on bénéficie de miracles de meilleure qualité... À un mauvais endroit, on risque de voir les sortilèges cesser de fonctionner au bout de quelques heures. Ces endroits, qu'on appelle « parcelles », seront tirés au sort au cours d'une loterie présidée par le maire.

J'ai grogné. À mon avis, ce serait là une bonne occasion de dispute. J'ai pensé au pauvre Crapoton, à ce qu'il nous avait raconté. Des jalousies allaient naître, aucun doute là-dessus. D'ici à ce que ça dégénère en bagarre...

Nous avons retrouvé Papa aux pieds du géant. Le maire a réclamé le silence.

— Bien, a-t-il hurlé. Notre jour de chance est enfin arrivé. Si nous savons faire preuve de discipline, chacun aura sa part. Il doit être établi, en tout premier lieu, *que les enfants n'auront pas le droit de poser le pied sur la cape !* Ils en épuiseraient l'énergie magique en quelques jours par trop de vœux stupides. Seuls les adultes seront autorisés à y prendre place.

Une clameur de protestation a jailli du rang des gosses. Il y avait de quoi ! Mais les torgnoles se sont mises à pleuvoir et tout est rentré dans l'ordre.

— À présent, a continué le maire, nous allons procéder à l'étalement de la cape. Lorsqu'elle sera étendue sur la prairie, nous y dessinerons un quadrillage ; pour finir chacune de ces parcelles sera numérotée. Un tirage au sort décidera de leur attribution. Voilà, tout est dit. Maintenant, au travail ! Je vous rappelle qu'il nous faut profiter de l'occasion avant que le géant ne se réveille.

— *Place !* s'est alors écriée une bande de vieilles femmes vêtues de noir, *place aux repasseuses !*

J'ai réalisé que toutes les grands-mères du village avaient rejoint leurs rangs. Certaines brandissaient d'antiques fers à repasser en fonte, d'autres des marteaux. Celles qui fermaient la marche traînaient une chaîne d'arpenteur[1].

Cette étrange armée s'est emparée de la cape du géant, comme s'il s'agissait de la traîne d'une mariée, pour l'étaler soigneusement sur la prairie. Une fois la chose accomplie, les vieilles dames ont entrepris d'en fixer les extrémités au sol au moyen de longs piquets, ceci afin d'éviter que le vent ne soulève le tissu et ne le fasse claquer comme un drapeau.

Au bout d'une heure, la cape du géant était clouée sur l'herbe tel un tapis. Les grands-mères ont alors allumé un brasero[2], puis, à l'aide de pincettes, y ont prélevé de grosses braises rougeoyantes pour les glisser à l'intérieur des fers à repasser. Ainsi armées, elles se sont agenouillées sur la cape et ont commencé à la défroisser. Elles travaillaient depuis une trentaine de minutes quand je me suis crue victime d'une hallucination. J'ai cligné des paupières pour m'assurer que je ne rêvais pas... Mais non, les vieilles femmes étaient en train de rajeunir ! J'ai fait un bond et me suis tournée vers Maman ; elle a posé un doigt en travers de mes lèvres pour me signifier de ne pas me faire remarquer.

1. « Mètre » métallique articulé, permettant de mesurer de grandes distances.
2. Bidon d'acier troué où l'on fait brûler du bois ou du charbon.

— C'est normal, a-t-elle chuchoté. Elles profitent du pouvoir de la cape. Elles lui ont demandé de leur redonner la jeunesse. C'est ainsi qu'elles ont choisi d'être rétribuées pour le travail qu'elles sont en train d'accomplir.

— Espérons qu'elles ne consommeront pas trop d'énergie, a marmonné Papa entre ses dents.

— Allons, allons, l'a rassuré ma mère, ne t'inquiète donc pas, il y en aura pour tout le monde.

Éberluée, j'observais le miracle. L'âge des repasseuses régressait de minute en minute. Lorsqu'elles avaient posé le pied sur la cape, elles avaient entre 75 et 80 ans ; à présent, elles affichaient une quarantaine frétillante. Certaines s'étaient déjà débarrassées de leurs fichus et de leurs châles, d'autres avaient déchiré le bas de leurs robes pour les raccourcir.

À cet instant, Poppie s'est approchée de moi et m'a touché l'épaule. Elle semblait contrariée. Je lui ai demandé ce qu'elle avait.

— Ma grand-mère Matilda est avec elles ! a-t-elle soufflé en désignant les repasseuses. Je n'ai rien pu faire pour l'en empêcher. C'est elle, là-bas... la... la « fille » avec la jupe rouge ! On lui donnerait à peine 30 ans ! Ça me fait tout drôle...

— Pourquoi ?

— Ben tiens ! Imagine que ta mère grimpe sur la cape pour retrouver ses 12 ans... elle aurait ton âge en redescendant, ça te ferait pas bizarre ?

J'ai admis que si.

— On pourrait peut-être rentrer, non ? a chuchoté M'man à l'intention de mon père.

— Non, s'est entêté celui-ci, je veux assister au découpage des parcelles. Je veux être sûr qu'elles sont bien égales.

Il ne semblait pas dans son état normal. Je le trouvais tendu, nerveux, avec une expression presque méchante sur le visage.

J'ai pensé : « C'est l'effet de la magie. Ça commence. Tout le monde va devenir cinglé. »

Une fois la cape repassée, les vieilles — enfin, je devrais plutôt dire les « anciennes vieilles » puisque entre-temps elles étaient redevenues jeunes ! — l'ont mesurée en tous sens, comme si elles s'apprêtaient à tailler un vêtement gigantesque, puis, avec de la peinture blanche, se sont mises à dessiner des cases égales sur le beau tissu rouge. Des cases numérotées. C'était laid, ça gâchait tout.

Je me suis dit que, si le géant voyait ça, il piquerait une sacrée colère.

Papa a enfin accepté de rentrer à la maison, mais pendant le dîner il est resté nerveux.

— Pourquoi t'angoisses-tu ? s'est inquiétée M'man, tout semble bien se présenter...

— Tu ne comprends pas, a grogné mon père. Certaines cases sont moins chargées en énergie magique que d'autres. On n'en connaît pas la raison, c'est comme ça. Si nous manquons de chance lors du tirage au sort, nous risquons de nous retrouver sur une mauvaise parcelle.

— Et qu'est-ce qui se passera ? ai-je demandé.

— *Rien,* justement ! a aboyé Papa. Rien ou presque. Nous lui ordonnerons de faire un miracle, et elle ne produira qu'un minable petit tour de magie... Ça s'est déjà vu.

Une fois dans ma chambre, j'ai posé la même question à la valise.

— Ton père a raison, a nasillé la mallette. C'est exactement ce qui va arriver. Certains changeront les cailloux en or pur, d'autres devront se contenter de transformer le pain rassis en pain frais. Tu vois le problème ? La jalousie s'installera, puis la haine, puis la guerre... Je suis venue pour te sauver. Si tu le souhaites, tu peux soulever mon couvercle et rejoindre les enfants auxquels je donne asile. Tu deviendras minuscule, microscopique, mais tu connaîtras le bonheur de vivre dans un univers merveilleux. Ainsi tu échapperas à la catastrophe qui se prépare. La cape les rendra fous, ils vont s'entre-tuer, comme les habitants de Moulinon. *Souviens-toi de Crapoton...* Le seul moyen de survivre, c'est de soulever mon couvercle et d'accepter mon hospitalité. La mort et la folie se déchaîneront au-dehors sans jamais t'atteindre puisque je suis indestructible.

— Mes parents pourront venir ? ai-je demandé.

— Non, *je n'accepte que les enfants.* À la rigueur ta copine Poppie, mais c'est tout.

J'ai posé la main sur l'un des fermoirs. Je n'avais aucune intention d'abandonner mes parents. De plus, je soupçonnais la valise de me tendre un piège. Était-elle là pour m'aider ou... *pour me capturer* ? Sa mission ne consistait-elle pas à sillonner l'univers afin de kidnapper tous les gosses assez naïfs pour gober ses beaux discours ? Combien en avait-elle déjà attrapés ? Trente, quarante, cent... ? S'ils étaient devenus microscopiques, la mallette pouvait en abriter des millions !

Les yeux plissés, j'ai fixé la valise avec attention. S'agissait-il d'une espèce de démon déguisé en bagage ? Un démon voleur d'enfants... ou était-elle réellement descendue sur Terre pour me secourir ?

4
L'échiquier des merveilles

Bon, je vais maintenant essayer de résumer ce qui s'est passé ensuite. Je sais que ça va vous paraître incroyable ; c'est pourtant l'exacte vérité. Il a suffi de quelques jours pour que notre vie bascule dans la folie totale... À peine le pied posé sur la cape, les villageois sont devenus dingues. Mais, pour que vous compreniez, je dois reprendre mon récit là où je l'avais interrompu.

Le soir du grand repassage de la cape, mes parents n'ont pas dormi de la nuit. De ma chambre, je les entendais aller et venir en discutant à perdre haleine. Le matin, ils n'avaient pas l'air bien frais, mais, après avoir avalé un rapide petit déjeuner, nous avons couru au verger. Le reste du village s'y pressait déjà, piétinant d'impatience. P'pa avait emporté une sacoche pleine de croquis d'animaux, et un plan du jardin merveilleux qu'il essayait désespérément de mettre au point depuis des années.

Nous voyant rassemblés, le maire est grimpé sur une souche pour lancer un avertissement solennel.

— Je vous supplie d'être raisonnables, a-t-il grondé. Ne gaspillez pas l'énergie de la cape en vœux imbéciles que vous regretteriez par la suite. Gardez toujours à l'esprit que le géant va se réveiller, tôt ou tard, et que le temps dont vous disposez est *limité*. Il nous faudra tous être loin d'ici lorsqu'il ouvrira les yeux, car alors sa colère sera terrible. Quand vous formulerez vos souhaits, soyez assez malins pour demander des choses faciles à emporter lorsque sonnera l'heure de prendre la fuite. Sinon vous serez forcés d'abandonner vos trésors sur la cape. Compris ?

Tout le monde a hoché la tête, mais j'ai bien vu que personne n'avait écouté.

Le tirage au sort a commencé aussitôt après. Mélanie, la sorcière-pharmacienne, puisait des papiers dans deux chapeaux. Dans le premier se trouvaient les numéros des parcelles, dans le second les noms des habitants. Elle disait des trucs comme :

— Lot 6, famille Bousselier... Lot 7, les sœurs Morgane et Laura Pintard... Lot 8...

Poppie s'est frayé un passage dans la foule pour s'approcher de moi. Elle a murmuré :

— Ma grand-mère dit que c'est arrangé d'avance. Le maire et la pharmacienne ont testé les parcelles en secret pour s'attribuer les meilleures. Cette loterie, c'est du pipeau.

Depuis le début je soupçonnais un truc de ce genre car je n'avais confiance ni dans le maire ni dans la pharmacienne, ces deux-là s'entendant comme larrons en foire[1]. Notre nom a enfin été proclamé ; Papa se serait mis à courir si Maman ne l'avait pas retenu.

Notre parcelle mesurait, comme ses voisines, quinze mètres de côté. Apparemment elle ne différait en rien des autres, sauf par le numéro tracé à la peinture blanche sur le beau velours rouge de la cape. P'pa s'est agenouillé pour caresser le tissu magique. J'ai vu des étincelles crépiter sous sa paume.

— Bon, a-t-il soupiré, nous voilà à pied d'œuvre. Espérons que la chance était avec nous et que cette partie de la cape est fortement chargée en énergie magique.

Je me sentais un peu idiote, assise au milieu de cette « marelle ». Autour de nous les gens évitaient de se regarder et chuchotaient comme des conspirateurs. Progressivement, la surface de la cape s'est retrouvée « habitée ». On aurait dit que tous les habitants du village s'étaient rassemblés pour un gigantesque pique-nique. Un pique-nique étrangement silencieux.

Le géant dormait, ses ronflements faisaient autant de bruit qu'un moteur d'avion.

— Et maintenant ? a demandé ma mère d'une voix timide. Qu'est-ce qu'on fait ?

— La première des précautions à observer, a décidé P'pa, c'est d'élever un mur autour de notre carré, de cette manière nous pourrons travailler sans être espionnés par nos voisins.

Il a posé la main sur le velours rouge, et dit :

1. Complices arrangeant des mauvais coups à l'insu des autres.

— *Cape magique, dresse un rempart autour de nous... je te l'ordonne !*

Moi, j'aurais dit « s'il te plaît », mais bon...

L'air a bourdonné, des étincelles ont crépité très fort, et, soudain, nous nous sommes retrouvés enfermés au centre d'une espèce de cour fermée aux parois de pierres grises.

— Eh ! s'est exclamée M'man, tu as oublié la porte ! Nous sommes emmurés !

P'pa s'est senti idiot. Il a dû formuler un deuxième vœu pour qu'une porte de fer se dessine dans l'épaisseur de la muraille. J'étouffais, coincée entre ces quatre murs. J'ai réalisé que je n'avais pas envie de m'attarder là plus longtemps. J'ai annoncé que j'allais faire un tour avec Poppie. P'pa ne m'a pas entendue, il étalait déjà ses dessins sur le sol.

— Il faut donner vie à nos petites créatures, expliquait-il d'une voix haletante. Aux arbres, aux fleurs que nous avons inventés.

— Souviens-toi qu'il faudra se débrouiller pour les emporter avec nous quand sonnera l'heure de la fuite, a souligné ma mère. Le jardin merveilleux devra être démontable... Le mieux, ce serait qu'il puisse tenir dans une malle. Tu vois ?

J'ai ouvert la porte de fer... et j'ai failli me cogner le nez sur une autre muraille ! Les villageois nous avaient imités ! Chaque parcelle était désormais ceinte de hauts murs que séparaient d'étroites ruelles. Pour quitter la surface de la cape, il fallait serpenter au long de ces passages, entre les forteresses cubiques qu'étaient devenues les cases numérotées.

J'ai pensé : « La confiance règne ! »

L'ennui, c'est que les ruelles finissaient par former un labyrinthe, et que je me suis perdue. Au bout d'un quart d'heure j'ai buté sur le garde champêtre.

— Qu'est-ce que tu fiches là ? a-t-il lancé. Les enfants n'ont rien à faire sur le territoire magique. Ils pourraient en gâcher l'énergie en multipliant les vœux imbéciles.

— Je n'ai fait aucun vœu, ai-je protesté.

— Tu as intérêt. Je vous ai à l'œil, vous, les gosses. Un vœu d'enfant, c'est facile à repérer. Si tu désobéis, je te mettrai en prison.

Charmant ! Finalement, j'ai réussi à sortir du labyrinthe pour retrouver Poppie qui m'attendait au pied du trône de granit, le nez levé vers le géant endormi.

Trois jours plus tard c'était le délire...

Tout a commencé par une tourelle de château poussant soudain au milieu des murailles entassées sur la cape. Une tourelle très belle, ajourée, avec des sculptures en ivoire, des escaliers en marbre blanc, des vitraux en cristal...

J'ai dit :

— C'est le château de la Belle au bois dormant...

Ça faisait bizarre, ce truc. On aurait dit un poireau monté en graine !

— C'est Mélanie, la pharmacienne, qui a fait ça, a chuchoté Poppie. Elle a toujours eu la folie des grandeurs. En tout cas, je ne sais pas comment elle compte l'emporter sur son dos quand il faudra prendre la fuite.

Le coup d'envoi était donné. Une heure plus tard, un villageois, vexé, fit sortir de terre un donjon de marbre noir dont chaque pierre présentait des ciselures à l'or fin. Au sommet de ce machin, un pavillon flottait avec cette mention : *Justin, seigneur boulanger, comte de la baguette, baron du croissant, empereur du pain aux raisins.*

Exaspérée, Mélanie répliqua en faisant pousser deux nouvelles tours d'ivoire incrustées de diamants qui étincelaient au soleil. Sur les remparts se dressait une statue d'or la représentant en châtelaine, coiffée d'un hennin, un caducée[1] à la main.

Poppie a pouffé de rire. Le maire, lui, est entré dans une colère noire.

— Cessez immédiatement ces gamineries ! a-t-il hurlé en s'arrachant les cheveux. Vous épuisez l'énergie magique. À ce rythme-là, le géant va mourir de vieillesse avant la fin de la semaine. Je vous ai demandé d'être raisonnables ! Vous entendez : RAI-SON-NABLES !

— Il a raison, a renchéri Poppie. Si on pompe trop d'électricité magique, le géant s'affaiblit et meurt. C'est ma grand-mère Matilda qui me l'a dit.

Inquiète, je me suis rendue au pied du trône pour examiner le colosse endormi.

— Nom d'un haricot jaune ! ai-je soufflé, *il a trois cheveux blancs qui n'étaient pas là hier !* Regarde !

— Tu vois, a triomphé Poppie. Ma grand-mère a beau avoir rajeuni de cinquante ans, elle dit toujours la vérité.

Je me suis sentie triste. Je détestais ce qui était en train d'arriver. La prétention et la bêtise des villageois risquaient de tuer le géant dans son sommeil. C'était trop injuste.

1. Symbole mythologique des professions médicales.

Mes parents, eux, se montraient plus raisonnables. Chaque fois que j'allais les voir, je les surprenais au milieu d'une foule de petits animaux bizarres : des licornes rouges pas plus grandes que ma main, et qui volaient dans les airs en chantant des refrains aigrelets. Des nains bleuâtres qui jouaient de la trompette avec leur nez, des fleurs qui, en s'ouvrant, lançaient des feux d'artifice... Il y avait aussi des nuages pailletés d'or, des chats-baromètres qui changeaient de couleur avec le temps, et j'en oublie... Bien sûr, cette faune délirante sortait des croquis imaginés par mon père et ma mère. Le plus fou, c'est qu'il ne s'agissait plus d'automates ou de poupées articulées, comme il avait été prévu à l'origine ; grâce à la magie de la cape ces créatures étaient vivantes. *Elles existaient réellement !*

— Tout ça peut tenir dans une malle, m'expliqua Maman. Il nous suffira de leur ordonner de rapetisser. C'est la grande astuce, vois-tu ? Un jardin merveilleux qui tient dans une valise. Nous sillonnerons le pays pour donner des représentations. Ce sera une vie merveilleuse, tu verras. Le roi nous invitera pour distraire les petites princesses, nous deviendrons les chouchous de la cour. Ton père sera peut-être anobli[1] ?

J'aurais voulu partager ses certitudes, mais un mauvais pressentiment me soufflait que la catastrophe annoncée par la valise ne tarderait plus à se produire. La cape était devenue une sorte d'échiquier formidable où se jouait une partie effrayante dont nous risquions d'être sous peu les victimes.

1. Recevoir en récompense un titre nobiliaire : baron, duc, comte, etc.

Ce soir-là, j'essayai d'attirer l'attention de mes parents sur les exagérations des voisins, mais, absorbés par leur travail, ils n'avaient rien remarqué.

De ce jour, les choses empirèrent. Les exhortations du maire n'avaient eu aucun effet sur la population des apprentis magiciens. Comme dit le proverbe : il n'y a pas de pire sourd que celui qui ne veut pas entendre. Dès lors, il ne se passa pas une journée sans que je remarque une nouvelle aberration. Un matin, je vis la pharmacienne costumée en princesse, un diadème de rubis sur le front, qui survolait son château à cheval sur une licorne ailée aux sabots d'or pur...

Une autre fois, je croisai Benoît, le charcutier ; à demi étranglé dans une armure d'argent, il galopait dans un champ de pommes de terre en essayant de se donner des airs de chevalier. Il portait sur la hanche une épée d'or si lourde qu'il lui aurait été impossible de la sortir du fourreau. Toute cette ferraille était ornée d'un million de pierres précieuses.

— Tiens, ricana Poppie, v'l'à Benoît, le baron de la saucisse, qui s'en va pourfendre les cochons.

Pendant ce temps, de nouveaux poils blancs apparaissaient dans la chevelure et la barbe du géant endormi. Bientôt il aurait l'air d'un vieil homme.

— L'énergie fiche le camp trop vite, commenta Poppie. Il aurait fallu la consommer lentement, à petites doses... Là, c'est comme si on lui tirait le sang à pleins baquets. Il va mourir d'épuisement avant même de se réveiller.

Pour ma part je continuais à vivre dans notre ancienne maison, toute seule, sauf quand ma copine venait m'y rejoindre. Au début, ce fut amusant, puis, peu à peu, je vis que Poppie se renfrognait. Quelque chose la tracassait.

Je lui demandai :

— À quoi tu penses ?

— Si les adultes s'offrent le droit de faire des bêtises, répondit-elle, pourquoi ne ferions-nous pas pareil ?

— Qu'as-tu en tête ?

— Je sais que le maire a interdit aux enfants de faire des vœux, mais j'ai bien envie de passer outre. Je crois que je vais demander à la cape de me rendre belle... et mince. Très mince.

Ce jour-là, j'ai compris qu'il ne servirait à rien de l'en dissuader, et j'ai eu peur. Peur de perdre mon unique amie. Notre amitié survivrait-elle à sa transformation ? Je n'en savais rien. Je le lui ai dit. Elle a grogné :

— C'est facile pour toi de dire ça, tu es mignonne ! Moi, j'ai l'air d'une truie. Je ne peux pas continuer ainsi. Je vais tenter le coup. Arrivera ce qui arrivera.

Je n'ai rien pu faire pour l'en empêcher car c'est à ce moment précis que mes parents ont commencé à avoir des ennuis.

— Les voisins se plaignent, m'avoua Maman, un matin que je leur apportais le panier-repas de la journée. Ils prétendent que nos petites créatures grignotent les murailles des palais.

Je fronçai les sourcils. J'avais examiné les manoirs en question, ils étaient tous en or. (À présent, tout le monde — *sauf ma famille* — vivait dans un château !)

— Eh oui, soupira Papa. Je n'avais pas prévu cela. Je pensais les nourrir de saucisson ou de pâté ; j'avais oublié que les créatures magiques ne mangent que de l'or et des pierres précieuses.

J'étais ébahie. Je n'avais jamais entendu parler de ça.

— Ça pose un réel problème, murmura ma mère. Il y a beaucoup de plaintes, et nous...

Elle n'eut pas le temps de finir sa phrase car quelqu'un se mit à donner des coups de poing dans la porte. J'allai ouvrir. C'était Mélanie, la pharmacienne, costumée en reine de carnaval, une couronne grosse comme une roue de charrette sur la tête, des diamants d'un kilo suspendus à chaque oreille. Elle m'écarta d'une main impatiente.

— C'est i-nad-mis-sible ! hurla-t-elle en se précipitant vers mes parents. Vos rats ailés ont dévoré cette nuit la statue d'or à mon effigie[1], sur la tour nord de mon château. *Elle n'a plus de nez !* De quoi ai-je l'air à présent ? Ils ont également fait des trous dans mes murs pour grignoter les rubis et les émeraudes cousus sur mes robes d'apparat ! J'exige que vous détruisiez ces horribles bestioles !

— Il n'en est pas question ! répliqua mon père. D'abord ce ne sont pas des rats mais des licornes volantes pas plus grosses que ma main... elles sont totalement inoffensives, mis à part le fait que — comme toutes les créatures nées de la magie — elles doivent se nourrir d'or et de joyaux pour survivre.

Mélanie devint écarlate. La haine la défigura, et, l'espace d'une seconde, elle fut d'une laideur atroce.

1. Qui la représente.

— Très bien ! hoqueta-t-elle. Si c'est la guerre que vous voulez, vous l'aurez !

Et elle s'en alla en claquant la porte.

Je me suis souvenue des paroles du pauvre Crapoton, et j'ai compris que les choses allaient tourner au vinaigre. Ma mère, elle aussi, était très inquiète. Papa a essayé tant bien que mal de la rassurer, mais il était visible qu'il avait peur. Mélanie avait toujours eu mauvaise réputation au village. On la disait sotte, vaniteuse, prenant les gens pour des imbéciles.

— Elle va se calmer, répétait Papa, elle va se calmer...

Comme vous vous en doutez, les choses ne s'arrangèrent pas. Le lendemain, les petites créatures créées par mes parents commencèrent à disparaître mystérieusement, les unes après les autres.

— J'ai trouvé des traces de sang sur les murs ! bredouilla Maman en me serrant dans ses bras. Comme si une bête les avait attaquées pendant qu'elles escaladaient les parois qui encadrent la parcelle.

— C'est cette damnée Mélanie ! gronda mon père. Je suis sûr qu'elle a créé un animal volant qui dévore mes personnages ! Je déteste cette femme ! Si elle ne cesse pas immédiatement ses manigances, je me vengerai ! Je ferai naître un dragon qui mettra en pièces les tourelles de son ridicule château !

Les choses s'envenimaient. Toutefois, Papa avait raison, Mélanie avait utilisé les ressources magiques de la cape pour fabriquer une espèce de corbeau géant, au long bec de fer, qui sortait de sa cachette dès qu'il apercevait l'une des petites créatures en train d'escalader les murailles du palais de la pharmacienne. Se laissant tomber dans le vide, il la transperçait alors d'un coup de bec, comme avec une épée. En l'espace de trois jours, la moitié des personnages dessinés par mes parents étaient morts. Leur rêve s'effondrait.

Mon père entra dans une rage folle.

Comble de malchance, alors que je regagnai la maison familiale pour préparer un nouveau panier-repas, je croisai le garde champêtre qui emmenait, menottes aux poignets, une très belle jeune fille à la prison du village. Je n'avais jamais vu cette adolescente auparavant et j'en fus étonnée car elle était d'une incroyable beauté.

— Nouchka ! cria-t-elle en m'apercevant, *c'est moi, Poppie !* Préviens ma grand-mère, ils vont m'enfermer !

— C'est la loi ! gronda le garde. Tu n'avais pas à l'enfreindre. Le maire l'a répété : les enfants n'ont pas le droit d'utiliser la cape magique.

J'en restai ébahie, bouche bée.

Poppie, cette princesse aux longs cheveux blonds, aux yeux bleu ciel ?

Avant que je ne sois revenue de ma surprise, le garde l'avait poussée à l'intérieur de la prison. J'eus beau tambouriner à la porte, il ne m'ouvrit pas. En désespoir de cause, je me rendis chez sa grand-mère qui habitait une maisonnette à demi effondrée à la sortie sud du hameau. Je me rappelai qu'elle se nommait Matilda et qu'elle devait aujourd'hui avoir 20 ans, puisqu'elle avait profité de ses privilèges de repasseuse pour rajeunir.

Toutefois, la barrière poussée, j'eus la surprise de découvrir une gamine de mon âge qui bronzait dans le jardin, en bikini jaune, allongée sur une chaise longue, en feuilletant une revue de mode.

— Je cherche Madame Matilda... lançai-je, sais-tu où je pourrai la trouver ?

— C'est moi, répondit la gosse qui était fort mignonne, il faut l'avouer.

— *Quoi ?* hoquetai-je, *vous êtes la grand-mère de Poppie ?*

— Oui, avoua l'adolescente en rougissant. Je n'ai pas pu m'empêcher de retourner sur la cape. Ç'a été plus fort que moi ; aujourd'hui j'ai 13 ans.

— Faudrait voir à vous arrêter là ! ai-je lancé, agacée, si vous devenez encore plus jeune, Poppie devra vous donner le biberon.

— Je sais, soupira Matilda, mais la jeunesse, c'est trop *cool*... c'est comme une drogue. Quand on y a goûté, on ne peut plus s'arrêter. J'avais oublié quel effet ça faisait.

J'étais embêtée. Matilda avait l'air d'une fille de mon âge, mais je savais qu'une semaine auparavant elle avait encore 75 ans ! Pour cacher ma gêne je lui ai appris que Poppie était en prison.

— Ça devait arriver, a-t-elle bredouillé. Tous les villages qui ont commis l'erreur de capturer un géant l'ont chèrement payé. La magie va tous nous rendre fous.

5

La guerre des magiciens

D'ordinaire mon père est quelqu'un de gentil ; toutefois, si on le contrarie, il a tendance à péter les plombs. C'est malheureusement ce qui s'est passé dans l'affaire du corbeau à bec de fer.

Maman a essayé de le ramener à la raison. Hélas, il ne parlait plus que de vengeance, de contre-attaque... Il était évident que les choses allaient mal tourner. Il nous a expliqué qu'il allait utiliser l'énergie de la parcelle pour créer un monstre dont Mélanie se souviendrait longtemps.

C'est ainsi qu'il a fabriqué Poko le gorille. Un singe de trois mètres, couvert de poil vert, à la tête effrayante.

— Tu es fou, s'est lamentée Maman, cette bête va user toute l'électricité magique de notre parcelle.

Elle avait raison, mais P'pa n'a rien voulu entendre.

Quand l'affrontement a eu lieu, j'étais à la maison, en train de préparer les casse-croûte de la journée. Tout à coup, j'ai entendu des cris au-dehors. J'ai couru à la fenêtre. Un spectacle terrifiant se déroulait sur la cape du géant endormi.

Le gorille vert créé par Papa s'était lancé à l'assaut du château de la pharmacienne dont il escaladait la tour principale. Agrippé d'une main à la paroi, il expédiait d'énormes coups de poing autour de lui, réduisant les créneaux en miettes, écrabouillant les statues d'or, arrachant les pierres de la maçonnerie ! Mélanie, ahurie, courait sur le chemin de ronde en hurlant des menaces dont le singe se moquait comme de sa première cacahuète.

Mon père ne faisant pas mine de rappeler sa créature, la pharmacienne a ordonné à son corbeau géant d'attaquer le gorille démolisseur.

C'est à ce moment-là que la bataille a pris un tour affreux, car le gros oiseau s'est laissé tomber sur le singe pour le piquer au moyen de son long bec de fer aussi pointu qu'une épée. Tout de suite, le sang a jailli... Le gorille a bien essayé de repousser le corbeau, mais celui-ci était plus leste et plus rapide que lui. Chaque fois que le poing de Poko s'apprêtait à frapper, il battait des ailes pour lui échapper, puis revenait à l'assaut, piquant et repiquant le singe dans le dos...

Sur les remparts, Mélanie exultait. J'ai compris que l'énergie de sa parcelle, bien meilleure que la nôtre, lui avait permis de fabriquer une créature plus puissante que le pauvre Poko. Notre gorille familial ne tiendrait plus longtemps en face du redoutable corbeau dont la vigueur semblait inépuisable.

J'ai pensé : « C'est fichu. »

Je ne me trompais pas. Le pelage du gorille était à présent rouge de sang et l'oiseau ne cessait de le frapper, encore et encore. Plus percé qu'une passoire, Poko a fini par lâcher prise. Il est tombé au pied de la tour, vaincu, tandis que le corbeau poussait un croassement de triomphe.

Mélanie riait à gorge déployée. Elle s'est penchée aux créneaux pour crier à mes parents :

— Vous avez été idiots de gâcher l'électricité de votre minable parcelle pour vous venger de moi ! À présent vous ne disposez plus d'aucun pouvoir magique alors que mes ressources, elles, sont à peine entamées ! C'est bien fait pour vous ! Fichez le camp ! Rentrez donc chez vous fabriquer vos stupides automates...

Matilda — l'ancienne grand-mère de Poppie — (qui était venue à la maison pour me piquer des fringues étant donné qu'elle n'avait rien à se mettre !) a posé sa main sur mon épaule.

— C'est trop nul, a-t-elle soupiré, mais ton père a eu tort de vouloir jouer les guerriers, c'était lourd.

Je n'ai pas répondu. Elle m'agaçait à vouloir parler comme les ados. Depuis son rajeunissement, elle était devenue écervelée, superficielle, égoïste, se moquant du sort de sa petite-fille qui croupissait en prison. Je lui en avais fait la remarque, mais elle avait répliqué :

— J'ai passé soixante-quinze ans de ma vie à me conduire de façon sérieuse ; un jour je me suis réveillée, j'étais vieille. Je ne ferai pas deux fois la même erreur.

Au cours des jours qui suivirent, les choses empirèrent. Certains villageois décidèrent d'imiter mes parents et de combattre Mélanie dont ils jugeaient le comportement inacceptable. Pour ce faire, ils lancèrent contre son château des animaux fantastiques de leur invention : dragons ailés, éléphants équipés de trois trompes crachant le feu, et autres bestioles du même tonneau. Ce fut un échec. Chaque fois, le corbeau à bec de fer les transforma en passoires et ils explosèrent comme des ballons de baudruche.

— Quel gâchis d'énergie ! se lamentait le maire en s'arrachant les cheveux. Arrêtez ces enfantillages, vous ne voyez donc pas que vous épuisez le géant ?

Il avait raison. De nombreux fils blancs étaient apparus dans la chevelure et la barbe du colosse endormi. Il avait désormais l'air plus vieux que lorsqu'il s'était assis pour la première fois sur le trône de granit, à la lisière du verger empoisonné. Il était arrivé jeune, auréolé d'une crinière verte, à présent il ressemblait chaque jour un peu plus au Père Noël.

La guerre a continué encore un moment. Pour repousser les assauts dont elle était la cible, Mélanie a créé un autre corbeau géant, s'assurant ainsi la maîtrise du champ de bataille. Elle utilisa encore beaucoup d'énergie pour reconstruire son palais endommagé par les batailles.

Le samedi suivant je quittai la maison pour porter à manger à mes parents. Je les trouvai abattus.

— La création du gorille a usé toute la magie de notre parcelle, me chuchota Maman, désespérée. Depuis, rien de ce que ton père tente de fabriquer ne survit plus de deux heures.

J'allai embrasser Papa. Maussade, agenouillé dans un coin, il essayait de modeler des lutins avec de la glaise et de leur donner vie. Si les petits bonshommes commençaient effectivement par effectuer des cabrioles du plus bel effet, ils finissaient, au bout de cinq minutes, par exploser telles des bulles de savon.

— C'est fichu, soufflai-je à ma mère, vous feriez mieux de revenir à la maison.

— Je sais, soupira-t-elle, mais ton père s'obstine. Tu le connais... il ne veut pas renoncer ; le parc d'attractions, c'était toute sa vie.

Je suis donc rentrée seule mais un mauvais pressentiment n'a pas cessé de me harceler tout au long du chemin. J'avais peur que Papa ne tente une action désespérée pour se venger de Mélanie. Il n'avait pas rendu les armes[1], je le devinais.

Poppie me manquait ; j'aurais voulu qu'elle soit là pour me réconforter. Enfin, *l'ancienne Poppie...* parce que la « nouvelle », je n'étais pas trop sûre de me sentir à l'aise avec elle. Le style princesse super-blonde, petit nez retroussé, sourire coincé sur « beau fixe » c'est pas vraiment mon genre. C'était peut-être idiot de ma part comme réaction, mais bon, on raconte que les gens qui se font refaire le visage perdent leurs amis pour la même raison : personne ne les reconnaît plus.

1. Se résigner, s'avouer battu.

J'ai attendu un peu, puis, incapable de me raisonner, je suis retournée sur la cape. Tout était calme. Trop calme. Alors que je remontais la ruelle, entre les parcelles, j'ai aperçu Mélanie qui, du haut de sa tour dorée, m'observait à l'aide d'une lorgnette. Elle avait l'air de trouver ça drôle. Je n'ai pas apprécié. J'ai flairé la catastrophe.

J'ai poussé la porte de notre petit territoire en criant : « P'pa ? M'man ? Vous êtes là ? »

Personne ne m'a répondu. Et pour cause, entre les quatre murs de brique, le jardinet était vide. *Mes parents avaient disparu.*

Je suis restée plantée là, comme une idiote, ne sachant que faire, puis j'ai aperçu un rectangle de carton sur le sol. Une carte postale en fait. Je l'ai ramassée. Elle représentait mon père et ma mère debout au centre de la parcelle, une expression terrifiée sur le visage. Ils se tenaient très raides, comme figés par la stupeur. La photo était en noir et blanc, un peu floue.

N'y comprenant rien, j'ai retourné la carte postale. Au dos, dans la partie réservée à la correspondance, j'ai vu alors l'écriture de ma mère tracer des mots, comme par magie.

Nouchka, disaient-ils, *Mélanie nous a jeté un sort. Nous sommes enfermés à l'intérieur de cette carte postale. Ne la froisse pas, ne la jette pas tant que tu n'auras pas trouvé le moyen de nous en faire sortir, cela nous tuerait. Si tu veux communiquer avec nous, écris comme je le fais en ce moment. Les phrases s'effaceront au bout d'une minute... Nous t'aimons, ma chérie ! Courage ! Nous comptons sur toi ! Il va falloir que tu sois très courageuse. Ta Maman qui t'aime.*

D'abord j'ai cru à une farce, puis les mots se sont effacés. J'ai enfin admis que tout était vrai. Mes parents s'étaient fait piéger à l'intérieur d'une carte postale ! J'ai failli hurler, crier des injures à Mélanie qui m'observait du haut de ses remparts, mais j'ai préféré m'abstenir. Ce n'était pas le moment que je me retrouve moi aussi enfermée dans ce bout de carton, qui se serait occupé de nous, hein ?

J'ai ravalé ma colère et je me suis sauvée en courant, la carte serrée sur mon cœur.

J'ai pleuré tout au long du chemin.

6

SPGCPHT ?

Inutile de vous dire que j'ai passé beaucoup de temps penchée sur la carte postale, à scruter la photo, avec l'espoir de la voir s'animer, comme dans les histoires fantastiques, mais ce n'est pas arrivé. C'était une photo bête, grise et floue, où mes parents avaient l'air de deux lapins surpris par les phares d'une automobile. Un truc triste comme tout.

Je me suis juré de les tirer de là. Bon, je ne savais pas encore comment, mais ça viendrait. En attendant, moi qui n'avais jamais tellement aimé écrire des lettres, je leur racontais plein de trucs pour les distraire. J'en avais mal aux doigts à force de les tenir crispés sur le stylo. Rituellement, au bout d'une minute, mes phrases s'effaçaient et Maman ou Papa me répondait quelque chose de gentil. Ils essayaient de se montrer rassurants pour que je ne m'affole pas trop, mais à 12 ans, on n'est pas dupe de ce genre de chose.

J'ai fini par écrire :

Et si j'utilisais le pouvoir de la cape pour vous faire sortir de ce bout de carton ? Qu'est-ce que vous en pensez ?

Maman m'a répondu :

C'est gentil, mais ça ne marchera pas. Mélanie le saura immédiatement, et elle nous ensorcellera de nouveau. Pour faire bonne mesure, elle se vengera sur toi, et tu te retrouveras toi aussi prisonnière de la carte ! Il ne faut surtout pas que cela se produise. Tant que tu es « dehors », nous avons encore une chance d'être sauvés, cette chance s'évanouira si tu es victime du même tour de magie. Pas d'imprudence, Mélanie est aux aguets. Et puis le garde champêtre pourrait te surprendre et t'enfermer en prison...

J'ai poussé un soupir de découragement. C'était compliqué ! Toutefois ma mère avait raison. Mélanie ne me laisserait pas anéantir son œuvre. Si je voulais libérer mes parents, il me faudrait me montrer plus rusée qu'elle.

Afin que la carte ne soit pas abîmée, je l'ai rangée dans un livre de poche qui avait le même format, puis j'ai passé un élastique autour ; pour finir, j'ai posé le livre sur ma table de chevet.

J'étais en train de grignoter une tartine quand j'ai entendu la valise qui m'appelait depuis le deuxième étage. Il faut dire que, ne supportant plus de la voir, je l'avais enfermée dans le placard à balais. Je ne sais pas pourquoi j'avais agi ainsi... peut-être qu'en définitive elle me faisait peur ?

J'ai été tentée de rester dans la cuisine, mais la curiosité a été la plus forte. Je suis montée. J'ai ouvert le placard. J'ai dit : « Quoi ? » d'un ton pas aimable.

— Ça ne sert à rien de jouer les autruches ! a ricané la valise. Le danger est bel et bien là, il se précise de minute en minute.

— Je sais, ai-je grogné, le géant vieillit. Il va mourir avant même de se réveiller.

— Tu te trompes, a nasillé la mallette. Tu ne connais pas grand-chose aux mondes magiques, ça se voit. Les géants sont protégés par un organisme spécial qui garde en permanence un œil sur eux. La SPGCPHT.

— La quoi ?

— *La Société Protectrice des Géants, Colosses et Personnes de Haute Taille*... Tu l'ignores peut-être, mais les géants constituent une espèce en voie de disparition. Il est formellement interdit de les chasser, de les persécuter, de les tuer... ou de les manger.

— Et alors ?

— Alors, chaque fois qu'un géant est en difficulté, un signal d'alarme se déclenche au siège de la société. Principalement quand il a été endormi par des pommes droguées et se trouve en grand danger de mourir pendant son sommeil. Une contre-attaque est alors organisée. Si tu veux en savoir davantage, va demander conseil à Léopold, le nain qui vit dans la grotte de l'étang vert. Matilda sait de quoi il s'agit.

Ces derniers mots prononcés, la valise s'est tue. J'ai eu beau la secouer, elle est demeurée muette.

J'ai décidé d'aller trouver Matilda. Comme d'habitude, elle se prélassait en bikini dans son jardin, en se passant du vernis rose sur les ongles des pieds.

Elle a dit : « Salut. J'ai envie de changer de coiffure, tu vas me donner ton avis... »

Les âneries, ça suffisait ! J'ai lancé :

— Je viens pour le nain Léopold, il paraît que tu le connais.

Après, j'ai été forcée de tout lui raconter depuis le début. Elle a fait la grimace.

— Je connais Léopold, a-t-elle admis. Ce n'est pas un vrai nain, en vérité c'est un ancien géant.

— Quoi ?

Elle a haussé les épaules, l'air exaspéré, en agitant ses orteils pour que le vernis rose sèche plus vite.

— En vieillissant les géants rapetissent, a-t-elle expliqué. C'est une loi naturelle. Ça se produit une fois que leur cape magique a perdu son électricité. Lorsqu'elle redevient un simple chiffon, le géant cesse d'être protégé et de bénéficier de pouvoirs fabuleux. Au fil des mois on le voit qui devient de plus en plus petit. Beaucoup de nains sont d'anciens géants. Ils vivent très mal cette transformation et sont, la plupart du temps, d'une humeur effroyable. Voilà pourquoi ils vivent à l'écart des humains. Léopold est de ceux-là. Il s'est fait piéger par des villageois, jadis. Le truc classique des pommes badigeonnées de somnifère. Quand il s'est réveillé, les hommes avaient épuisé l'énergie de sa cape. Dès lors, sa carrière de géant était compromise. Il a dû se résoudre à rapetisser. Aujourd'hui, il mesure quatre-vingt-dix centimètres... et il a les pommes en horreur.

— Tu peux me conduire chez lui ?

— Ouais, si tu veux. De toute façon je commençais à m'ennuyer. Y'a rien à faire dans ce bled.

Matilda a mis un temps fou à s'habiller, comme si on allait prendre le thé chez la reine de Babylone ou je ne sais qui... Enfin, on a emprunté la route qui s'enfonce dans la forêt et mène au lac noir. Un endroit sinistre, tellement déprimant que même les poissons se suicident par noyade.

Pendant le trajet Matilda n'a cessé de babiller, m'entretenant de ses projets. *Elle envisageait de devenir chanteuse... non, top model... non, actrice... non, danseuse étoile... Non, dresseuse de chevaux sauvages...* Enfin, elle n'avait pas encore vraiment décidé.

J'avais les pieds en feu quand nous sommes arrivées à la caverne. Dès qu'il nous a aperçues, le nain nous a jeté des pierres. Heureusement, il visait mal. C'était un minuscule vieillard aux cheveux et à la barbe de neige. Un père Noël en réduction. Sauf qu'il n'avait pas l'air sympa. Mais alors là, pas du tout.

— Léopold, a protesté Matilda, c'est moi, la grand-mère de Poppie, tu ne me reconnais donc pas ? Je raccommodais tes vêtements et je t'apportais des confitures...

(Quelle idiote ! Comment aurait-il pu la reconnaître maintenant qu'elle avait 13 ans ?)

— C'est la valise qui m'envoie, ai-je coupé. La valise tombée du ciel. La valise qui parle.

Le nain s'est calmé. Il nous a permis d'entrer dans la caverne et de nous asseoir près de son bivouac. J'ai dû raconter toute l'histoire, une fois de plus ; ça devenait lassant.

— Je sais ce qui va se passer, a ricané Léopold. La Société Protectrice des Géants va vous envoyer une Réveilleuse.

— Une quoi ?

— Un agent spécial dont la tâche consistera à réveiller le géant avant que les gens de ton village ne le tuent. Cette personne... cette Réveilleuse va traverser la forêt pour faire une piqûre au pauvre colosse que vous avez traîtreusement endormi. Cette piqûre anéantira l'effet du somnifère et le réveillera en sursaut.

— Que se passera-t-il alors ?

Le nain a éclaté d'un rire méchant. Il paraissait beaucoup s'amuser.

— Sache, ma petite, a-t-il repris, qu'un géant réveillé brutalement est toujours d'une humeur épouvantable. Il s'apercevra qu'on l'a piégé, qu'on a usé l'énergie de sa cape magique... bref, qu'on a profité de lui. *Il sera fou de rage.* Il piétinera les maisons du village. Il écrasera à coups de talon jusqu'au dernier de ses habitants. Voilà ce qui va se passer... oui ! Un beau carnage en vérité. Et si tu veux mon avis, vous l'avez bien mérité.

Matilda qui, jusque-là, s'intéressait assez peu à la conversation, a paru se réveiller.

— Eh ! a-t-elle lancé, je crois que tu racontes n'importe quoi pour te rendre intéressant. Tu essayes de nous faire peur parce que tu en veux aux humains de t'avoir transformé en nain.

D'un bond, Léopold s'est dressé sur ses courtes jambes. Il a sifflé :

— Vous croyez que je mens ? Très bien, suivez-moi, je vais vous montrer ce qui reste de Jolivallon, un village qui, comme le vôtre, avait cru malin de capturer un de mes frères.

Comme il s'était mis à trotter d'un pas vif, il nous a fallu le suivre. Au bout d'un quart d'heure, nous avons débouché dans une vaste clairière parsemée de ruines. Toutes les maisons avaient été aplaties. Il n'en restait pas une debout.

— Voilà, a expliqué Léopold. C'est ici que ça s'est passé. Le géant s'est réveillé brusquement alors que les villageois campaient encore sur sa cape, bien décidés à lui soutirer jusqu'à la dernière miette d'électricité magique. S'ils avaient été malins, ils auraient décampé depuis longtemps, mais il leur en fallait encore plus, toujours plus... Ils se répétaient : « Cet imbécile de géant va bien dormir encore deux ou trois jours, ça nous laisse le temps de fabriquer encore plus d'or... » Ils se trompaient. Le géant s'est réveillé ; il a tout compris, et sa colère a été terrible... Il s'est lancé à la poursuite des villageois et les a écrasés, les uns après les autres. Ils sont d'ailleurs toujours là, venez voir !

Je n'y tenais pas tellement. J'imaginais déjà un gros fouillis d'ossements écrabouillés, vous voyez le genre, mais le nain m'a saisie par le poignet pour me tirer vers une grande empreinte de pas profondément imprimée dans le sol. Au fond de l'empreinte il y avait quelqu'un...

Un homme, aussi plat qu'une feuille de papier... Si mince qu'on aurait cru une image découpée sur une affiche. Il faisait des grimaces terrifiées et criait quelque chose. Sa voix manquait de puissance, mais j'ai cru comprendre qu'il nous suppliait de le sortir de là.

— Il n'est pas mort... a fait observer Matilda.

— Non, a ricané le nain. Les géants sont des êtres pacifiques, même fous de rage ils ne tuent personne. Seulement leurs souliers sont magiques, ce qu'ils écrasent reste vivant, à jamais.

Je me suis dirigée vers une autre empreinte de pas, là aussi j'ai vu quelqu'un enfoncé dans la terre. Une femme tout aplatie et déformée, comme une figurine de pâte à modeler sur laquelle un rouleau compresseur serait passé. Elle m'appelait, elle aussi.

— On ne peut vraiment rien pour eux ? ai-je demandé.

— Non, a fait Léopold avec une espèce de satisfaction méchante. Ils ne peuvent tenir debout puisqu'ils n'ont plus un os intact. *Ils sont mous.* Pour les emporter, il te faudrait les rouler comme un tapis. Ils resteront comme ça jusqu'à la fin des temps, c'est leur punition. Je trouve qu'ils l'ont bien méritée.

Matilda a réagi vivement.

— Je ne veux pas que ça arrive à Poppie, ma petite fille, a-t-elle lancé. Elle est retenue prisonnière au village.

Léopold a haussé les épaules.

— Alors il vous faudra arrêter la Réveilleuse, a-t-il lâché. Elle s'est déjà mise en marche, je le sais. Elle va traverser la forêt, à pied, pour gagner votre village. Telle est la procédure. Elle n'a jamais varié d'un pouce depuis mille ans.

— Cette Réveilleuse, ai-je demandé, à quoi ressemble-t-elle ?

Le nain a souri, du vilain sourire de quelqu'un qui se croit malin.

— Personne ne le sait, a-t-il répondu. La Réveilleuse peut changer d'aspect à volonté pour échapper à ceux qui voudraient l'intercepter. Parfois elle prend l'aspect d'une vieille femme, d'autres fois elle se déguise en biche, en renarde, en louve... Elle est experte dans l'art du camouflage. Mes petites chéries, je ne pense pas que vous ayez la moindre chance de la démasquer. Vous passerez à trois centimètres d'elle sans même deviner sa présence.

Il m'a tellement agacée que j'ai dû me retenir de lui décocher un coup de pied dans le derrière. Je comprenais bien qu'il était malheureux d'être devenu tout petit, mais bon...

— Maintenant fichez le camp ! a-t-il conclu. Je viendrai vous rendre visite quand le géant vous aura aplaties. Ce jour-là, vous n'aurez plus à vous soucier de faire un régime ! Pour être minces, *ça, vous serez minces !*

Et il a éclaté d'un rire interminable en se tenant les côtes, comme si c'était la blague la plus drôle du monde.

— On n'en tirera plus rien, a soupiré Matilda. Rentrons, je crois qu'il faudra se débrouiller toutes seules.

Nous avons repris le chemin du village tandis que le nain continuait à se bidonner dans notre dos en se roulant par terre. Moi, je n'avais pas du tout envie de rire, je commençais même à avoir vraiment peur.

7

L'invasion fantôme

Nous avons redescendu le sentier qui mène au village. Nous marchions en silence. Les prédictions de Léopold nous inquiétaient.

Nous venions à peine d'entrer dans le bourg quand Matilda a poussé un cri étouffé.

— Regarde ! a-t-elle soufflé en désignant de l'index le géant endormi.

J'ai retenu mon souffle. Ce que je voyais était, en effet, parfaitement incroyable...

Un personnage bizarre, transparent comme un fantôme, sans yeux ni bouche, et qui semblait constitué de fumée blanchâtre, était en train de sortir de l'oreille droite du géant !

Je n'invente rien. Ce drôle de bonhomme s'extirpait du conduit auditif du colosse en se tortillant, comme un soldat se hisse hors de la tourelle d'un char d'assaut.

J'étais tellement surprise que je serais restée figée au milieu de la rue si Matilda ne m'avait pas attrapée par le bras pour me tirer à l'abri d'un mur.

La créature blanchâtre avait pris pied sur l'épaule du géant, à présent elle se laissait glisser jusqu'au sol en s'agrippant à ses vêtements.

— Oh ! bredouillai-je, car un deuxième fantôme était maintenant en train de sortir de la bouche entrouverte du colosse.

Matilda me fit signe de me taire. À cet instant, un troisième bonhomme de fumée pointa la tête hors de l'oreille gauche du géant...

C'en était trop ! Je demandai à Matilda si elle savait de quoi il s'agissait, mais elle haussa les épaules, avouant son ignorance. Ne restait, dès lors, qu'une solution : s'en remettre à la valise magique.

Rasant les murs, nous sommes rentrées chez moi. Je n'étais pas rassurée car les fantômes se rassemblaient dans le verger, au milieu des pommiers drogués. J'en dénombrai déjà six !

Une fois dans ma chambre, nous avons interrogé la mallette tombée du ciel.

— Les géants ne sont pas faits comme les humains, a-t-elle répondu, il n'y a pas d'organes à l'intérieur de leur corps... tu seras surprise de ce que tu y découvriras si, un jour, tu dois « visiter » l'un d'entre eux. Les fantômes auxquels tu fais allusion sont en réalité des récupérateurs d'énergie magique. Une sonnerie d'alarme a probablement retenti dans la tête du géant endormi. Cette sonnerie signifie que la santé de votre encombrant ami se détériore rapidement. L'escadron des spectres va donc essayer de le soigner en récupérant une partie de l'électricité que vous lui avez volée en multipliant les vœux stupides. Tiens-toi à l'écart de ces créatures, elles sont dangereuses et sans pitié.

Alors que nous quittions la pièce, la valise a ajouté :

— Le seul moyen d'éviter la catastrophe qui se prépare est d'arrêter la Réveilleuse. Partez à sa recherche sans attendre. Elle est là, quelque part dans la forêt. Volez-lui la seringue avec laquelle elle compte tirer le géant du sommeil, et détruisez-la. Dépêchez-vous, le temps presse.

Nous sommes montées au grenier, Matilda et moi, pour surveiller ce qui se passait dans les rues. Les fantômes — ils étaient dix à présent — ont pris pied sur la cape fixée au sol, cette cape sur laquelle s'élevaient les manoirs, châteaux et palais prétentieux fabriqués par les villageois au prix d'une grande consommation d'énergie. Les spectres avançaient en titubant, les bras tendus, à la manière des somnambules dans les BD. Ça m'a fait affreusement peur. *Toutes ces têtes sans yeux ni bouche, blanches, lumineuses, ces mains transparentes qui semblaient chercher quelque chose à attraper...* il y avait de quoi faire un cauchemar.

Ce qui a suivi nous a laissées sans voix. Les fantômes ont commencé à se déplacer dans les ruelles séparant les parcelles. Chaque fois qu'ils posaient les mains sur un château, celui-ci éclatait comme une bulle de savon, et le fantôme devenait encore plus brillant.

— La valise disait vrai, a chuchoté Matilda. Ils sont venus confisquer l'électricité volée à la cape. Quand ils auront fait le plein, ils rentreront à l'intérieur du géant pour lui rapporter ces « vitamines » magiques. Ça fonctionne comme une transfusion, tu comprends ?

En bas, les manoirs tarabiscotés continuaient d'exploser les uns après les autres. Paf ! paf ! paf ! laissant leurs propriétaires ébahis et consternés[1]. À présent, les dix spectres brillaient comme des ampoules électriques. On ne pouvait plus les regarder sans être ébloui. Ils ont fait demi-tour avec l'intention évidente de rentrer « chez eux ». C'est à ce moment que cet imbécile de garde champêtre leur a barré la route.

— Eh ! a-t-il crié. Vous, là-bas ! Je vous arrête pour destruction de propriété privée sur le territoire de la commune. Vous allez immédiatement me suivre jusqu'à la prison. Et pas de rébellion ou je vous passe les menottes !

Quel idiot ! L'un des fantômes s'est approché pour lui poser la main sur l'épaule... Immédiatement, le garde champêtre s'est enflammé ! C'est comme si la foudre l'avait frappé. Il est tombé en cendres, et seule sa casquette a survécu à l'électrocution.

— *Cool !* a soufflé Matilda, comme ça, on va pouvoir libérer Poppie !

J'avoue que j'ai été choquée. Le garde n'était pas particulièrement sympathique, mais bon...

Sans plus s'occuper du tas de cendres, les spectres ont entrepris d'escalader le géant et de réintégrer

1. Désespérés.

l'intérieur de son crâne s'introduisant par ses oreilles et sa bouche.

— Ça marche ! s'est écriée Matilda. Regarde ! Ses cheveux sont déjà moins gris. C'est comme si on lui avait rendu une partie de sa jeunesse.

Exact. Le colosse semblait moins vieux, moins fatigué. Sur la cape, par contre, les gens se lamentaient. Ils n'appréciaient pas du tout d'avoir été dépouillés de leurs possessions. Voilà que le géant se défendait ! C'était i-nad-mis-sible ! Que faisait donc la police ?

Matilda m'a tirée par la main pour me forcer à descendre. Nous avons couru à la prison. Les clefs des cellules étaient suspendues à un clou, dans le bureau. Cinq minutes plus tard nous libérions Poppie. Je me suis sentie toute gênée devant cette fille super belle que je ne reconnaissais pas. Une vraie princesse de série télé, blonde, dents étincelantes, mince... une fille comme il n'en existe qu'au cinéma. Ce n'était plus « ma » Poppie. Je ne savais que lui dire. On s'est fait la bise comme deux idiotes. J'ai lancé : « Ça va ? », on ne pouvait pas faire plus crétin.

Une fois de plus j'ai maudit mentalement la magie et ses bouleversements imbéciles, mais Poppie n'était sûrement pas de mon avis, je pense...

Poppie métamorphosée en princesse Barbie, sa grand-mère changée en ado, mes parents devenus carte postale... ça virait au chaos total. Il était temps de retrousser nos manches et de faire quelque chose.

J'ai dit :

— Fini la rigolade. Faut qu'on mette la main sur cette Réveilleuse.

Je suis passée à la maison prendre la valise, bourrer un sac à dos de nourriture et de trucs utiles, puis, ces précautions observées, nous avons vaillamment marché vers la forêt, à la rencontre de l'ennemie. Le sort en était jeté. Ça allait barder !

8

Le bois aux sortilèges

Une fois dans la forêt, Poppie a commencé à se plaindre de tout. *Le vent la décoiffait, il y avait des bêtes, elle ne voulait pas s'asseoir sur l'herbe pour ne pas tacher ses vêtements...*

Je ne l'avais jamais vue comme ça. La vraie Poppie était plutôt « garçon manqué », celle-là me saoulait grave. Matilda était visiblement de mon avis parce qu'elle a dit à sa petite-fille de nous lâcher cinq minutes, que ça nous ferait des vacances. Ce à quoi Poppie a répliqué qu'elle n'avait pas d'ordres à recevoir d'une gamine de 13 ans ! » J'ai vu le moment où elles allaient se flanquer des gifles.

La valise à la main, je me suis éloignée. J'avais d'autres chats à fouetter. J'ai pensé à mes parents. Avant de quitter la maison j'avais écrit au dos de la carte postale : *Je vais dans la forêt, j'espère arrêter la Réveilleuse. Je voudrais que tout redevienne comme avant.*

Une fois mes phrases effacées, j'ai vu l'écriture de Maman tracer les mots suivants : *Sois prudente, ma toute grande. Je t'embrasse très fort.*

Et les larmes me sont montées aux yeux. Je me suis sentie affreusement seule.

Pendant que Matilda et Poppie continuaient à se disputer, j'ai interrogé la valise.

J'ai dit :

— Et maintenant, où vais-je trouver la Réveilleuse ?

— Je ne sais pas, a nasillé la voix de lutin sous le couvercle de la mallette. Sois attentive, reste aux aguets. Tout ce que je peux te dire, c'est que la Réveilleuse avance lentement et qu'elle se débrouille toujours pour se cacher là où il ne viendrait à l'idée de personne de la chercher. Ouvre les yeux et regarde autour de toi.

Nous avons marché deux bonnes heures sans rien repérer de suspect. Quand nous avons eu les pieds en feu, nous nous sommes laissées choir sur une souche. C'est alors que j'ai aperçu le panneau cloué sur un chêne. On y avait peint l'inscription suivante :

Attention ! Rivière ensorcelée. Défense d'y boire ou de s'y baigner sous peine de...

La suite avait été effacée par la pluie et les années.

Soudain Poppie a redressé la tête en criant :

— J'entends le glouglou d'une rivière ! Super ! On va pouvoir se rafraîchir les pieds !

Je l'ai retenue par la main en lui désignant la pancarte. Ça l'a agacée.

— *Sous peine de quoi ?* a-t-elle grogné. On n'en sait rien. Ça devait être *sous peine d'amende*, mais qui viendra nous dresser un procès-verbal, hein ? Tu oublies que le garde champêtre a été changé en poussière par les fantômes lumineux.

— C'est une rivière ensorcelée ! ai-je insisté. À mon avis le danger est beaucoup plus grave.

Poppie s'est mise à bouder mais je m'en fichais. Nous avons commencé à longer la rivière qui serpentait entre les hautes herbes. C'était un joli cours d'eau qui, à première vue, paraissait inoffensif. Je me suis penchée pour regarder. L'eau était incroyablement claire, on voyait le fond avec les herbes aquatiques, les poissons, et tout et tout...

— Elle a l'air fraîche, a grommelé Poppie. Ça me donne soif. Et puis on pourrait se baigner...

Déjà, elle commençait à déboutonner ses vêtements.

— Faut pas faire ça, les filles ! a lancé une voix dans les fourrés. C'est super dangereux.

Nous avons sursauté. Un garçon d'une quinzaine d'années a jailli des buissons. À la façon dont il était habillé (principalement de guenilles rapiécées style Robin des Bois), j'ai compris qu'il appartenait à un clan de bûcherons.

— Et pourquoi je n'aurais pas le droit de baigner ? a fait Poppie d'un ton très « grande dame du château s'adressant à un valet ».

— Parce que l'eau est ensorcelée et que vous n'êtes pas d'ici, a gentiment répondu le garçon. Moi, on m'en a fait boire au biberon, alors je suis immunisé[1] contre ses maléfices. Il n'en va pas de même pour vous, mes jolies donzelles ! À propos, je m'appelle Julien.

Il était assez fort. Gros mais musclé, avec une bonne tête joufflue. Il portait sur la tête une espèce de toque verte avec une plume (ridicule). Je l'ai trouvé sympathique, bien que le terme « donzelle » me soit resté sur l'estomac. Mais, bon, comme il avait dit « jolie », je ne pouvais pas trop lui en vouloir, n'est-ce pas ?

— Et ça consiste en quoi ce *prétendu* sortilège ? a ricané Poppie, son adorable nez froncé par le mépris.

— Ça fait fondre les humains, a expliqué Julien. Si tu trempais tes pieds dans la rivière, ils fondraient comme un sucre dans du café chaud. Tu n'aurais même pas mal. Seulement, en repliant les jambes, tu verrais qu'elles s'arrêtent désormais au niveau des chevilles, et qu'il n'y a plus rien au-dessous.

— Nom d'un haricot noir ! ai-je balbutié en écarquillant les yeux.

Julien a haussé les épaules.

— Tout ça, c'est parce que, jadis, les fées avaient l'habitude de se baigner dans ce cours d'eau, a-t-il continué. Elles ne voulaient pas qu'il soit pollué par les humains, alors elles ont pris leurs précautions. Aujourd'hui il n'y a plus de fées, les engrais chimiques les ont tuées, mais la rivière est toujours

1. Protégé.

ensorcelée. Seuls ceux qui sont nés ici, et à qui on a fait boire cette eau à très petites doses durant leur enfance sont protégés... *et encore, pas complètement.*

J'ai demandé :

— Ça veut dire quoi « pas complètement » ?

Julien a rougi et s'est tortillé comme un ver de terre coupé en deux, il a fini par bredouiller :

— Faut pas en boire plus d'un dé à coudre, sinon on fait pipi pendant des heures... Le problème, c'est que c'est une eau qui donne soif.

— *Une eau qui donne soif !* a hoqueté Matilda. On aura tout vu.

— Je n'invente rien, s'est entêté Julien. Plus on en boit, plus on a soif... Ça peut devenir sans fin. Un de mes copains s'est fait avoir. Il n'a pas pu résister, au bout du compte il a passé la journée debout contre un arbre, à faire pipi... *cinq heures durant.* C'est long !

Nous sommes restées silencieuses, à contempler la rivière qui paraissait de plus en plus fraîche, de plus en plus délicieuse, de plus en plus...

— Ne la regardez pas trop, a conseillé le gros garçon, elle est enchantée. Elle va vous hypnotiser. Et puis vous n'êtes pas d'ici. Si vous en buvez, elle ne se contentera pas de vous donner envie de faire pipi, *elle vous fera fondre.*

— C'est quoi ce délire ? a protesté Poppie.

Depuis qu'elle était belle, je voyais bien qu'elle était devenue arrogante. Ça m'agaçait. Mais je voyais également que Julien la dévorait des yeux... et ça me rendait jalouse.

— C'est vrai ! a grogné le jeune bûcheron. Vous serez liquéfiée de l'intérieur. Vous vous mettrez à pleurer puis vous fondrez. Au bout d'une heure vous ne serez plus qu'une flaque d'eau sur le sol. Une flaque que la terre boira, et c'en sera fini de vous.

Poppie s'obstinant à refuser de le croire, une dispute s'est déclenchée. Je me suis éloignée pour réfléchir. Une idée était en train de germer en moi. Assise sur un tronc abattu, j'ai posé la valise sur mes genoux pour lui demander :

— À ton avis, est-ce que la Réveilleuse ne pourrait pas utiliser la rivière enchantée pour se rapprocher du village ?

— Ce serait une bonne idée, a murmuré la mallette. De cette manière personne ne pourrait l'attaquer durant toute la durée du voyage...

J'ai fait :

— Oui, mais ça implique qu'elle a le pouvoir de se déplacer dans l'eau ensorcelée sans fondre aussitôt. Est-ce envisageable ?

— Tout à fait. La Réveilleuse a de nombreux pouvoirs qui la rendent invincible, ou presque. Je ne serais pas étonnée qu'elle dispose de celui-ci.

J'ai hoché la tête. Mon intuition me soufflait qu'il était inutile de chercher plus loin. La rivière enchantée constituait le plus sûr moyen de traverser la forêt. C'était là qu'il fallait traquer[1] la Réveilleuse de géants, pas ailleurs.

J'ai commencé à longer la rive en scrutant le fond. Les poissons me regardaient avec étonnement. La

1. Poursuivre avec acharnement.

limpidité de l'eau avait quelque chose de fascinant, on aurait dit du cristal liquide. *On avait envie d'y plonger la main.*

— Je sais à quoi tu penses, a fait Julien derrière moi. Ne t'amuse pas à ça. Ne prends pas mes avertissements à la légère. Si tu continues dans cette direction, tu ne tarderas pas à rencontrer les familles de bûcherons qui vivent sur la rive. Tu croiseras alors beaucoup d'estropiés. Des gens qui ont perdu une main, un pied... voire davantage. Tous ont commis l'erreur de se laver dans la rivière avant d'avoir pris le temps de s'immuniser contre le sortilège en buvant chaque soir une goutte d'eau puisée au ruisseau, une seule goutte, pas davantage.

— À ce rythme ça doit prendre longtemps avant d'être vacciné... ai-je soupiré.

— Au moins dix ans, a répondu Julien. Parfois quinze. Ça dépend des gens. Moi, j'étais immunisé à 11 ans.

Je ne disposais pas de dix années pour repérer la Réveilleuse, il me faudrait donc faire attention à ne pas piquer une tête dans la rivière. J'ai remarqué, à ce propos, que la berge était molle, friable, et qu'elle avait tendance à s'ébouler à proximité de l'eau. C'était un coup à perdre l'équilibre et à prendre un bain...

Poppie et Matilda m'ont rattrapée. Elles avaient fini de se disputer. C'était pas dommage !

Tout en marchant, Julien ne cessait de se tordre le cou pour reluquer Poppie. Ça m'a vraiment fichu les nerfs, c'est rien de le dire !

Bon, je vais abréger. On a marché longtemps sans rien repérer de suspect. Comme la nuit tombait, les forestiers nous ont offert l'hospitalité. Ils se sont montrés très gentils. On a mangé de grosses tartines de fromage et de pâté de lapin. C'était bon. Ils nous ont expliqué qu'ils ne touchaient *jamais* à l'eau ensorcelée. Ils buvaient du lait, du vin ou de l'eau de pluie. Pour économiser leurs réserves ils se lavaient rarement. D'ailleurs, je veux pas être méchante, mais bon, *ça se sentait...* Poppie n'a pas cessé de se tamponner le nez avec un mouchoir imbibé d'eau de Cologne pendant tout le repas. C'était pas très poli.

Nous avons couché dans une hutte, serrées les unes contre les autres. Il faisait bon, c'était romantique. Dehors, un feu de camp projetait des étincelles dans la nuit.

Le lendemain Julien nous a quittées parce qu'il devait aller travailler. Il nous a recommandé encore une fois d'être prudentes. Les forestiers nous ont offert une gourde d'eau de pluie. Un cadeau précieux. Je les ai remerciés.

Nous avons repris la route en longeant la rivière vers le nord. Nous avancions en silence, à travers les herbes, sans cesser de surveiller le ruisseau. Il faisait chaud.

— J'ai soif, répétait Poppie.

À la fin je lui ai passé la gourde en lui recommandant de n'en boire qu'une gorgée. Elle l'a crachée par terre en disant :

– *Pouah !* elle est tiède ! C'est de l'eau fraîche que je veux !

J'ai compris que la rivière commençait à l'ensorceler et que les ennuis n'allaient pas tarder à nous tomber dessus.

Je ne me trompais pas.

9

Maléfices

J'avais beau penser à autre chose, à chanter, à me réciter les tables de multiplication, je devins bientôt la proie d'une idée fixe : *boire et me baigner...*

Il faisait de plus en plus chaud, nos vêtements nous collaient à la peau, nos gorges étaient desséchées. Et la rivière était là, déroulant son flot cristallin, sa fraîcheur. Elle semblait dire : « Buvez-moi ! Je suis meilleure que tous les sodas du monde. Plongez dans mon eau, elle vous délassera des pires fatigues ! »

— Je suis sûre qu'elle a un goût d'orangeade, murmura Poppie derrière moi. Elle doit pétiller... Si j'avais une paille...

— Arrête ! lui soufflai-je. C'est un piège. Elle essaye de nous hypnotiser. Si nous cédons, nous sommes fichues. C'est là-dessus que compte la Réveilleuse. Elle doit estimer que les filles dans notre genre n'ont pas une miette de volonté.

– *Eh bien, elle a raison !* hurla Poppie en tombant à genoux sur la berge. Je n'en peux plus. Il faut que je boive !

Déjà elle se penchait au-dessus de l'eau, la bouche grande ouverte. Je n'eus que le temps de l'empoigner par les cheveux pour la tirer en arrière. Elle poussa un hurlement de douleur et essaya de me griffer. Je lui balançai une paire de claques.

(J'en avais envie depuis un moment, je l'avoue, mais là c'était surtout pour lui rendre service. Enfin, ça m'a fait du bien. Et à elle aussi car elle a cessé de s'agiter pour se mettre à pleurer.)

Bien sûr, elle a boudé, et l'ambiance est devenue détestable. J'ai cru que Matilda et Poppie allaient me planter là pour rentrer au village, quand j'ai aperçu quelque chose au fond de la rivière...

Une femme qui marchait sous l'eau.

Elle ne portait pas de scaphandre ni aucun accoutrement de ce genre, non, elle avançait à pas lents, dans la vase du fond, en s'aidant d'une canne sculptée. C'était une vieille femme vêtue de noir qui progressait obstinément, les yeux mi-clos. De toute évidence, elle n'avait pas besoin de remonter à la surface pour respirer, et l'eau ensorcelée n'avait aucun d'effet sur elle.

Poppie, Matilda et moi nous sommes figées sur la berge, n'osant plus faire un mouvement. Au fond de la rivière l'inconnue poursuivait son chemin, au ralenti, ses grosses chaussures creusant des empreintes dans la vase. Les poissons venaient la regarder sous le nez mais elle s'en fichait.

— On dirait une sorcière, a soufflé Poppie. Elle est horrible.

— Elle sait que nous sommes là, a murmuré Matilda, mais ça ne l'impressionne pas.

J'ai dit :

— L'eau magique la protège. Elle sait que nous ne pourrons pas plonger pour l'attaquer. Elle est parfaitement à l'abri.

J'ai vu que la sorcière portait un étui d'acier en bandoulière. Une espèce de cylindre qui contenait la seringue avec laquelle elle piquerait le colosse endormi.

— C'est fichu, a capitulé Matilda, on ne peut rien faire. Je propose qu'on rentre au village rassembler nos affaires et qu'on décampe avant le réveil du géant.

— Non, ai-je grogné. Il faut essayer de lui arracher l'étui de fer ! Il nous est impossible de plonger, c'est vrai, mais on peut utiliser une ligne, un hameçon... L'eau ne dissout que les humains, rappelez-vous, *pas les objets* !

— Pas bête ! a admis Matilda.

J'ai inventorié le contenu de mon sac à dos. Heureusement, avant de quitter la maison j'avais glissé dedans une trousse de survie offerte par mon père pour mes 11 ans, lorsque je rêvais encore de devenir exploratrice et archéologue. Elle contenait, entre autres choses, de la poudre pour éloigner les requins, un miroir pour faire des signaux de détresse, des aiguilles et du fil pour recoudre les plaies (berk !), un hameçon et du câble de Nylon...

Agenouillées dans l'herbe, nous avons fabriqué une espèce de canne à pêche au moyen d'une branche solide mais pas trop lourde. Ensuite, nous avons lesté la ligne à l'aide d'une pierre. Le plus dur restait à faire. À présent il fallait se débrouiller pour accrocher avec l'hameçon la bandoulière de l'étui contenant la seringue. L'opération était rendue compliquée par le fait que la sorcière vêtue de noir progressait d'un pas lent mais obstiné. Nous étions donc obligées de la suivre en marchant le long de la berge, au ras de l'eau.

Ça s'est vite révélé un exercice difficile. Heureusement, la Réveilleuse ne semblait pas voir l'hameçon qui voletait autour d'elle... ou bien elle s'en moquait carrément ! À force de tenir la canne à pêche, des crampes nous raidissaient les bras.

Pendant ce temps, la sorcière continuait à marcher au ralenti, penchée en avant pour vaincre la résistance de l'eau qui lui opposait son mur élastique. Poppie a eu un geste maladroit et l'hameçon s'est planté dans les vêtements de la vieille... j'ai cru que tout était fichu. Par bonheur le tissu de la robe s'est déchiré, et nous avons pu récupérer la ligne.

Bon, ça a duré comme ça un long moment. Nous en avions toutes assez quand l'hameçon a enfin accroché la lanière du tube ! Je me suis cramponnée à la canne et j'ai tiré, tiré...

Cette fois, la sorcière a réagi. Heureusement pour nous, l'eau ralentissait ses gestes. Elle s'est débattue, mais maladroitement, et le tube lui a échappé.

J'en ai profité pour le hisser sur la berge. La Réveilleuse n'a pas apprécié. Elle est entrée dans une grande colère et a brassé l'eau pour créer un tourbillon. Nous avons reculé afin d'échapper aux éclaboussures qui auraient creusé des trous dans notre peau !

J'ai couru, tirant le fil de la canne à pêche derrière moi. L'hameçon était toujours accroché au tube, mais, comme tout était mouillé, je n'osais y toucher de peur que mes doigts ne fondent.

— Elle est sacrément en colère ! a bredouillé Matilda. Si elle sort de la rivière pour nous empoigner, nous sommes fichues !

J'avais peur, moi aussi. Une seconde, j'ai imaginé ce qui se passerait si la vieille femme nous attrapait pour nous cracher au visage l'eau de la rivière... *Notre figure se liquéfierait aussitôt !*

J'ai regardé par-dessus mon épaule pour voir si elle se hissait sur la berge... mais non, elle continuait à brasser l'eau sans essayer de remonter à la surface.

— Elle a peur de sortir, a chuchoté Poppie. Elle sait qu'une fois hors de l'eau la magie de la rivière ne la protégerait plus, et que nous pourrions la tuer d'un coup de couteau... Je crois qu'elle n'osera pas nous courir aux fesses.

Je la trouvais un peu trop sûre d'elle. Moi, j'en étais moins certaine.

Mon cœur battait à toute allure. Si la sorcière avait soudain pris pied sur la rive, avec ses vêtements et ses cheveux dégoulinants, je serais tombée dans les pommes, foudroyée par la trouille, j'vous jure !

Je suis restée un bon moment sans bouger, à regarder les tourbillons, puis la Réveilleuse a paru se calmer.

— Je ne sais pas ce qu'elle mijote, a grogné Matilda. Nous ferions mieux d'écraser cette seringue et de ficher le camp.

Hélas, avant de toucher l'étui, il fallait attendre qu'il sèche, aussi l'avons-nous exposé au soleil. Si nous avions eu des gants de caoutchouc, tout aurait été plus facile. Nous nous sommes penchées sur le tube de fer pour voir comment l'ouvrir, mais il n'y avait pas de fermoir apparent. C'était un cylindre, assez joli au demeurant, décoré de ciselures compliquées.

— Il est sec ! m'a lancé Poppie. *Ouvre-le.*

Bien sûr, elle ne voulait pas y toucher, la petite peste ! J'ai attrapé le tube pour le retourner en tous sens, à la recherche d'un couvercle, d'un bouchon ou de je ne sais quoi... Il n'y avait rien.

— Il s'agit d'une fermeture secrète, a soupiré Matilda. On ne la trouvera pas. Probable que seule la sorcière peut l'ouvrir.

— Alors il n'y a qu'à écraser l'étui avec une pierre ! a décidé Poppie. La seringue n'y résistera pas. Elle sera réduite en morceaux.

J'ai ramassé un gros caillou et je l'ai abattu sur le tube... *Ça ne l'a même pas éraflé !* Un éléphant aurait pu marcher dessus sans lui faire la moindre bosse.

— Solide, ce truc... a grommelé Matilda.

Alors, folles de rage, nous nous y sommes mises toutes les trois ; chacune frappant avec un caillou en poussant des « han ! » de femmes des cavernes qui chassent le mammouth. Ça valait le coup d'œil, je vous jure ! Ce déploiement de force n'a rien donné. Essoufflées, nous avons examiné le tube. Il était toujours intact.

— Y'a qu'à l'enterrer profond, a bredouillé Poppie. Et entasser des pierres dessus. Une montagne de pierres.

Comme personne n'avait rien de mieux à proposer, c'est ce que nous avons fait. J'ai enseveli le cylindre à soixante centimètres de profondeur ; Poppie et Matilda ont recouvert le trou avec de gros cailloux. Une fois ces précautions prises, nous nous sommes assises autour du tumulus[1] pour monter la garde. Mes copines n'étaient guère rassurées. (Moi pas trop non plus... mais je m'appliquais à ne pas le montrer.)

— Qu'est-ce qu'on fait si la sorcière sort de la rivière pour récupérer l'étui ? a demandé Poppie d'une petite voix geignarde.

Je n'en savais rien. J'ai eu envie de répondre : « On se sauve en courant ! » mais ça n'aurait pas fait sérieux, alors j'ai suggéré de s'armer de bâtons pour la repousser. Ainsi équipées, nous avons fixé la rivière avec angoisse, terrifiées à l'idée de voir tout à coup la tête de la Réveilleuse pointer hors de l'eau.

Pendant une dizaine de minutes il ne s'est rien passé, puis Matilda a dit :

— Vous n'entendez rien ?

— Quoi ? a gémi Poppie. Si t'essayes de me faire peur, c'est pas drôle !

1. Tas de terre ou de cailloux.

Je me suis penchée et j'ai effectivement perçu un grattement souterrain, sous nos pieds, comme si une bête creusait le sol...

— *C'est la sorcière...* a hoqueté Matilda en devenant pâle. Elle creuse une galerie pour s'emparer de l'étui... Elle est juste au-dessous de nous !

J'ai dit :

— Non, c'est le contraire... *C'est l'étui qui creuse...* Il est en train de se diriger vers la rivière pour rejoindre sa maîtresse.

J'aurais dû y penser plus tôt ! Il s'agissait bien sûr d'un étui magique. Indestructible, on l'avait dressé à rejoindre la sorcière dès qu'il se trouvait séparé d'elle. Voilà pourquoi la Réveilleuse n'avait pas cherché à le récupérer, elle savait que le cylindre se débrouillerait pour nous filer entre les doigts !

— Il doit être équipé de pattes mécaniques, ai-je expliqué. Il travaille à la façon des taupes. Il faut essayer de le rattraper !

Hélas, nous n'étions pas équipées pour un tel travail. Il nous aurait fallu des pelles, des pioches... En outre, l'étui était malin, il ne creusait pas en ligne droite, si bien que nous forions toujours au mauvais endroit.

Couvertes de terre et à bout de forces, nous l'avons vu jaillir de la berge et s'enfoncer dans l'eau. Comme si de rien n'était, la sorcière l'a attrapé par la bandoulière et glissé à son épaule. La seconde d'après, elle se remettait en marche, sans même nous lancer un coup d'œil ironique. Pour elle nous n'étions que des fourmis. Elle n'allait pas perdre son temps à nous narguer.

Poppie s'est payé le luxe de piquer une crise de nerfs.

— Tout ça pour rien ! trépignait-elle. Tout ça pour rien ! Je vous déteste ! Vous êtes trop nulles !

J'étais épuisée, je l'avoue. Je crevais de soif et il faisait de plus en plus chaud. Nous avons partagé le reste de la gourde. Ça faisait pas des masses chacune. À peine une gorgée.

Au cours de l'après-midi nous avons fait deux autres tentatives pour capturer l'étui. Ça devenait urgent car la sorcière se rapprochait du village.

La deuxième fois, les choses ont failli mal tourner. Agacée, la Réveilleuse a saisi la ligne et tiré dessus de toutes ses forces. Déséquilibrée, Matilda aurait piqué une tête dans la rivière si je ne l'avais rattrapée de justesse.

J'ai eu une sacrée trouille. Après cet épisode malheureux, nous avons renoncé. Comme nous n'avions plus le courage de faire un pas, on s'est allongées sous un arbre pour dormir. Il n'y avait plus rien à manger, mon ventre faisait des bruits affreux. Je me suis endormie.

Poppie m'a réveillée une heure plus tard, elle sanglotait, le visage déformé par la peur.

Je lui ai demandé ce qu'elle avait.

— J'ai pas pu résister ! a-t-elle bredouillé. J'avais trop soif... *J'ai bu l'eau de la rivière...* Elle était délicieuse... Je... je crois que je suis en train de fondre !

Ça m'a réveillée d'un coup. J'ai secoué Matilda. Nous avons examiné Poppie. Elle ne se trompait pas. Ses traits se déformaient. Son nez et ses oreilles pendaient, ses doigts avaient l'air de spaghettis trop cuits...

C'était horrible. *Dans dix minutes elle se transformerait en flaque d'eau, et le sol la boirait !*

Tout à coup j'ai eu une idée. Je me suis rappelé qu'au cours de notre marche nous étions passées à proximité d'un groupe de rochers. L'un d'eux, creusé par l'érosion, avait la forme d'une baignoire.

J'ai expliqué à Matilda qu'il fallait retourner là-bas de toute urgence. Poppie une fois installée au creux de cette baignoire naturelle, elle pourrait se liquéfier sans craindre d'être absorbée par la terre.

— Ouais, d'accord, a fait Matilda, mais ensuite ?

— Ensuite on récupérera l'eau dans une bouteille, ai-je murmuré. Nous trouverons bien un moyen de lui rendre sa forme un jour ou l'autre. La région ne manque pas de sorcières !

Je n'étais pas vraiment sûre de ça mais je voulais rester optimiste.

Les jambes de Poppie étant devenues trop molles, j'ai dû la charger sur mes épaules car elle ne pouvait plus marcher. Nous avons couru jusqu'au rocher, et j'ai installé ma copine au fond de la pierre creuse. Ensuite...

Ensuite, j'ai du mal à le dire, mais elle a fondu très vite... comme une bougie. C'était horrible et je ne vais pas insister sur les détails. À la fin, il n'est plus resté qu'une flaque au fond de la cuvette formée par le rocher.

Matilda s'est mise à pleurer. Moi aussi. J'ai sorti la Thermos de mon sac à dos et, à l'aide du gobelet, j'ai entrepris de transvaser Poppie à l'intérieur de la bouteille. Je ne voulais pas trop réfléchir à ce que j'étais en train de faire. On verrait plus tard.

Quand ça a été terminé, j'ai demandé conseil à la valise.

— Vous êtes mal parties, a-t-elle répondu. Pendant que vous perdiez du temps, la Réveilleuse s'est encore rapprochée du village.

— Je sais, ai-je bredouillé. Nous avons tout essayé, mais l'étui nous a échappé.

— Alors il ne reste plus qu'une solution, a soufflé la mallette, si tu veux empêcher le géant de piétiner tout le monde, *tu dois entrer dans sa tête...*

10

Une inquiétante promenade

Inutile de préciser que là, j'ai eu envie de prendre mes jambes à mon cou et de disparaître au fond des bois.

Mais j'ai fait un effort sur moi-même et j'ai demandé à la valise de m'expliquer ce qu'elle entendait par là.

— C'est à la fois simple et compliqué, a-t-elle répondu. Sache une fois pour toutes que les géants ne sont pas fabriqués comme les humains. À l'intérieur de leur corps tu ne trouveras ni squelette ni organes d'aucune sorte. Ils ne possèdent ni os ni sang, ni cervelle ni boyaux... C'est clair ?

— Alors ils sont creux ? me suis-je étonnée. Vides comme une tirelire ?

— Pas tout à fait, non. L'intérieur de leur corps est une sorte de paysage. Tu comprendras mieux quand tu t'y seras faufilée. Je serai là pour te guider. C'est à ça que je sers.

— Il faut vraiment que j'entre dans sa tête ? Pourquoi ?

— *Pour désamorcer sa colère...* C'est la seule façon de l'empêcher de piétiner le village et d'écraser ses habitants. Le géant est une sorte de bombe à retardement. Tu as bien compris que rien ne pourrait plus empêcher la Réveilleuse de le tirer du sommeil, non ? Vous n'avez pas réussi à lui confisquer la seringue, c'est tant pis ! Il faut maintenant passer au plan B. Une fois à l'intérieur du géant tu pourras neutraliser l'effet de la piqûre. Ce sera comme si la Réveilleuse lui injectait de l'eau de source. Son intervention restera sans effet. Tu vas travailler de l'intérieur à désamorcer la bombe. Si tu échoues, le colosse se réveillera et sautera à pieds joints sur le village.

Je commençais à y voir un peu plus clair. De toute manière je ne pouvais pas rester les bras croisés, il y avait déjà eu assez de catastrophes comme ça !

Matilda m'a regardée d'un air bizarre.

— Tu vas le faire ? m'a-t-elle demandé. Tu vas entrer dans la tête du géant ? Moi, il faudrait me payer cher !

Alors que nous sortions de la forêt, nous avons aperçu le nain Léopold qui se dandinait au bord de la rivière. Il nous a jeté un regard ironique et s'est mis à ricaner.

— Tu as vu ? a chuchoté Matilda. Il attend la Réveilleuse... Quand elle sortira de l'eau, il la guidera jusqu'au géant. Il attend ce moment-là depuis longtemps. Depuis qu'il est devenu tout petit, il ne rêve que de se venger des humains.

Nous avons pressé le pas. La sorcière noire se déplaçant lentement, nous disposions d'une légère avance. À condition de ne pas lambiner je pouvais la prendre de vitesse.

Quand nous sommes arrivées au pied du trône de granit, Matilda a frissonné.

— Pas question que je t'accompagne, a-t-elle bredouillé. J'ai trop la trouille. Je viens à peine de redevenir jeune, je ne veux pas gâcher cette deuxième chance en mourant avant terme ! Je te souhaite de réussir... moi, je vais faire mes paquets et m'enfuir le plus loin possible.

Elle m'a rapidement embrassée sur les joues et s'est carapatée à toutes jambes. Léopold, qui nous observait, a éclaté de rire.

— Je sais ce que tu vas essayer de faire ! m'a-t-il crié. Ça ne marchera pas. Le géant n'a pas d'organes, mais il est rempli de systèmes de sécurité qui te neutraliseront dès que tu seras dans son crâne !

— Ne l'écoute pas, a ordonné la valise. Escalade plutôt le trône. Le temps presse.

J'ai inspiré une grande bouffée d'air, j'ai lancé la mallette sur les genoux du colosse endormi, puis j'ai empoigné ses vêtements pour me hisser jusqu'à son oreille.

Ça n'a pas été facile. J'avais peur qu'il ne se réveille en sursaut et m'écrase comme un moustique. Après les vêtements, je me suis cramponnée à sa barbe dont les poils étaient aussi épais que des cordages de navire. Le souffle brûlant qui s'échappait d'entre ses lèvres passait sur moi, me chauffant la figure. En plus, il avait mauvaise haleine. Un moment, j'ai eu peur de finir asphyxiée, sans rire !

L'escalade a pris fin quand j'ai réussi à me hisser sur son épaule. Son oreille était là, béante comme une caverne, au milieu de la broussaille des cheveux grisonnants. J'ai hésité.

— Faut vraiment que j'entre là-dedans ? ai-je gémi à l'adresse de la valise.

— Oui, a-t-elle répondu. Dépêche-toi. Chaque seconde perdue permet à la Réveilleuse de se rapprocher de nous.

Bon, je n'avais pas le choix, hein ? J'ai rassemblé mon courage et j'ai marché vers « l'entrée » de l'énorme oreille. C'était comme une caverne, mais une caverne de chair, vous voyez le genre ? On n'y voyait pas à trois mètres. J'ai fait dix pas là-dedans, le « sol » était en pente. Au onzième pas j'ai perdu l'équilibre et je suis tombée, à croire que je dévalais un toboggan. Je n'ai pas lâché la valise.

Soudain des lumières ont brillé dans l'obscurité et j'ai touché ce qui semblait être un trottoir. Époustouflée, j'ai regardé autour de moi... *J'ai vu des maisons... des réverbères...* J'étais dans une ville. Une ville construite à l'intérieur du géant !

— Ne fais pas de bruit, a conseillé la valise. Comme tu peux t'en rendre compte, ici c'est la nuit. Normal, puisque le géant dort.

Je n'en revenais pas. Je me suis redressée. J'ai compris que le corps du colosse était creux, mais organisé à la manière d'un paysage, avec ses collines, ses précipices. Au lieu de veines, d'artères, il y avait des rues, des tunnels, des ponts.

Devant moi, au bord d'un gouffre sans fond, se dressait une grande bâtisse de pierre grise. Aucune lumière ne brillait derrière les fenêtres. Une porte cloutée en défendait l'accès. Au-dessus, un écriteau annonçait : *Château de la pensée.*

J'ai demandé :

— C'est quoi ?

— Tu contemples en ce moment le cerveau du géant, a murmuré la valise. Approche-t'en et jette un coup d'œil par l'une des fenêtres...

J'ai avancé de dix pas. Mes semelles résonnaient un peu trop fort sur le trottoir. J'ai fait la grimace. Cette « ville » déserte, plongée dans le noir, avait quelque chose d'inquiétant, d'irréel.

Le *Château de la pensée* ressemblait à une prison. Je n'avais guère envie de le visiter. J'ai collé mon nez contre la vitre. J'ai vu des bureaux, des étagères surchargées de dossiers sur lesquels était écrit : *décisions à prendre, hésitations, illusions, rêves, mauvais souvenirs, cauchemars...*

Il y avait des tonnes de paperasse, et des employés qui dormaient, effondrés entre les bras de leurs fauteuils, ou la tête carrément posée sur la table.

— C'est le somnifère, a expliqué la valise. Ils sont tombés foudroyés. C'est ici, dans ce bâtiment, que sont prises les décisions déterminant les actions du géant. Quand le personnel dort, tout s'arrête.

Ensuite, la mallette m'a ordonné de m'approcher de la rambarde surplombant le précipice pour regarder en bas. J'ai compris que ce gouffre immense, c'était la poitrine du géant. Un vent glacial y circulait. Je n'ai aperçu ni cage thoracique ni poumons, c'était plutôt une immense caverne avec, çà et là, des promontoires où se dressaient de nouvelles maisons. Des passerelles branlantes permettaient de se déplacer au-dessus du vide.

— Regarde à gauche ! a soufflé la valise.

J'ai vu une sorte d'usine, avec des cheminées, des tuyaux, des machines pleines de roues dentées. Une inscription peinte sur l'un des murs annonçait : *Centre de manœuvre du bras gauche*.

J'ai tourné la tête de l'autre côté. Juste en face, se dressait une deuxième usine, le centre de manœuvre du bras droit.

Je me suis approchée de l'un des bâtiments pour lorgner par une fenêtre. Il était plein d'ouvriers endormis. Des ouvriers barbouillés de graisse, aux mains noires. Partout ce n'étaient que chaînes, poulies, engrenages.

— D'accord, ai-je marmonné, j'ai compris. Ce sont ces usines qui font bouger les bras du géant, exact ?

— Exact.

— Et il y en a d'autres pour les jambes ?

— Oui.

— Et encore une pour l'estomac ?

— Bien vu.

Je me suis assise au bord du trottoir pour me donner le temps de faire le point. J'étais assez décontenancée, vous l'imaginez. Je ne m'attendais pas à un truc pareil. Ça n'avait rien à voir avec ce que j'avais appris en classe de sciences naturelles, mais bon, pourquoi s'étonner, on aborde rarement le sujet des géants en classe de sciences naturelles... (C'est d'ailleurs, à mon sens, le grand défaut de cette matière. Il faudrait en parler aux gens de l'Éducation nationale.)

J'ai frissonné. Autour de moi, la ville dormait. Dans chaque maison les employés, les ouvriers, préposés au bon fonctionnement du colosse, avaient été foudroyés par le somnifère badigeonné sur les pommes. Du coup, tout avait cessé de fonctionner.

Assise au bord du vide, j'avais le vertige.

— Si tu regardes au fond du gouffre, a repris la valise, tu verras un long tuyau de cuivre qui relie la bouche du géant à l'usine de retraitement de la nourriture qui lui sert d'estomac. Tout ce qu'il avale dégringole dans une cuve, en bas. Les ouvriers font bouillir cette nourriture pour la transformer en énergie, cette énergie alimente ensuite les différentes usines qui lui permettent de marcher, de bouger...

— Ça va, ai-je grogné, j'ai compris le principe. Dis-moi plutôt ce que je dois faire... Cet endroit me flanque la chair de poule.

— C'est parce qu'il y fait nuit. Si le géant avait les yeux ouverts, la lumière du jour nous illuminerait.

Je n'avais pas envie que la mallette m'inflige un nouveau cours de sciences nat', j'avais trop les nerfs.

— Ta mission consiste à saboter les installations qui permettent au géant de se mettre en colère, a enfin daigné révéler la valise. Si tu y parviens, le colosse deviendra doux comme un agneau, et lorsque la Réveilleuse lui injectera l'élixir destiné à combattre les effets du somnifère, le produit n'aura pas de conséquence désastreuse puisque notre colosse sera désormais incapable de la moindre réaction violente.

J'ai hoché la tête. Effectivement, ça paraissait un bon plan.

— Et où se trouve le *Centre de la colère* ? ai-je demandé.

— Aucune idée, a répondu la mallette. Pour le savoir, tu devras forcer la porte du *Château de la pensée* et dénicher une carte qui l'indique.

Bien sûr ! J'aurais dû m'en douter ! Ç'aurait été trop simple...

J'ai bondi sur mes pieds. Je n'étais pas ravie de ce que je venais d'apprendre. Tout avait beau dormir autour de moi, je ne me sentais pas en sécurité. Mon instinct me soufflait que j'étais en danger. Un danger dont j'ignorais la nature mais qui rôdait, invisible...

Je me suis éloignée du gouffre pour revenir sur mes pas.

— Fais bien attention de ne réveiller personne, a chuchoté la valise. Si un seul d'entre eux sort du sommeil, il s'empressera de secouer ses copains. Très vite ils seront dix, puis vingt, puis trente à vouloir se remettre au travail... Dès qu'il y aura assez de monde, le *Château de la pensée* reprendra ses activités, *et le géant se réveillera.*

Ça ne m'emballait guère. Pour couronner le tout, la mallette a ajouté :

— Ne te fais pas repérer. S'ils te voient, ils te prendront pour un corps étranger, un virus venu infecter le géant. Dès lors ils n'auront plus qu'une idée, te détruire. Ils lanceront à tes trousses leurs soldats nettoyeurs...

— Merci de me prévenir, ai-je grogné, mais j'aurais préféré le savoir avant de m'embarquer dans cette aventure.

J'ai utilisé la valise pour briser un carreau, puis j'ai passé la main à travers le trou pour manœuvrer la poignée de la fenêtre. Dans le silence de la nuit, le bruit m'a semblé assourdissant. L'estomac noué, j'ai enjambé le rebord pour me laisser glisser dans le bureau. Affalés sur les tapis, au milieu des feuilles de papier éparpillées, les employés dormaient. En m'approchant, j'ai constaté qu'ils n'avaient pas réellement de visage au sens où nous l'entendons ; seulement deux petits points noirs pour les yeux et deux petits trous pour les narines, mais pas de bouche ! Sans doute n'avaient-ils pas besoin de manger ? Ce n'étaient pas des êtres humains, plutôt des créatures à la peau très pâle, sans cheveux ni sourcils. Ils étaient habillés de vêtements d'un autre siècle. Des redingotes avec des bas et des chaussures à boucle. Certains portaient même des perruques poudrées. Sur les bureaux, il y avait des encriers et des plumes d'oie, comme dans les films historiques.

J'ai commencé à les enjamber pour explorer la bâtisse. J'avais une trouille de tous les diables que l'un d'eux ne se réveille et ne m'attrape la cheville avec son horrible petite main blanchâtre...

11

Le réveil du géant

J'ai avancé pas à pas à travers les bureaux et les couloirs du bâtiment. Il y avait des dossiers, des classeurs, des parchemins partout. On avait l'impression que ce fouillis s'entassait là depuis trois siècles. Ça empestait la poussière et la moisissure. Chaque fois que j'entrais dans une pièce, j'examinais les murs avec l'espoir d'y découvrir un plan de la « ville ». Parfois les employés grognaient dans leur sommeil. En y regardant de plus près, j'ai vu que leurs doigts longs et maigres se terminaient par d'affreuses petites griffes. Ça ne m'a pas plu du tout.

– Dépêche-toi, radotait la valise. Le temps presse. En ce moment même la Réveilleuse émerge de la rivière... Elle s'ébroue et essore ses cheveux. Dans dix minutes elle sortira la seringue de l'étui de fer et piquera le géant au mollet.

Mon estomac s'est serré. Je n'avais aucune envie de me retrouver au milieu de ces vilains bonshommes à face lunaire quand ils se réveilleraient.

Tout à coup une créature noire a surgi de nulle part pour me barrer le chemin. J'ai poussé un cri. C'était une espèce de bonhomme goudronneux qui, après m'avoir regardée sous le nez pendant trois secondes, m'a flanqué une paire de gifles avant de s'éloigner !

Les joues me cuisaient mais la surprise avait été telle que je suis restée immobile, sans réaction.

— Qui était-ce ? ai-je balbutié. Il n'aurait pas dû dormir, comme les autres ?

— Non, a fait la valise. Il ne s'agit pas d'un employé, tu viens de croiser une idée noire.

— Quoi ?

— Tu connais l'expression « avoir des idées noires »[1], non ? Le géant est comme tout le monde. Il lui arrive d'être déprimé. Depuis qu'il dort, les idées noires prolifèrent en toute liberté. Elles sont à l'origine de son vieillissement accéléré. En temps normal les gardes les exterminent au fur et à mesure, mais comme ils dorment eux aussi, les idées noires en profitent pour se répandre à travers la ville. Elles font des trous dans les tuyaux, scient les câbles, sabotent les machines... À cause d'elles le géant fonctionne de moins en moins bien.

— Il vieillit ?

— Oui. C'est la définition qui convient.

J'ai repris mon exploration, mais, au détour d'un couloir, une nouvelle idée noire m'a fait un croche-pied et je me suis étalée de tout mon long.

1. Voir tout en noir, avoir des idées noires : être déprimé, ne voir que le mauvais côté des choses.

— Nom d'un haricot bleu ! ai-je grondé, il y en a donc partout ?

— Oui, a soupiré la valise, et plus le temps passera, plus elles seront nombreuses.

À tout hasard, j'ai ramassé une règle en bois sur un bureau, et je me suis promis d'en flanquer un grand coup à la prochaine idée noire qui pointerait son nez. Ça n'a pas tardé. L'une d'elles est sortie de dessous une table pour me mordre le mollet. Je l'ai frappée sur la tête, ça ne lui a pas fait le moindre mal et j'ai dû m'enfuir. Ses crocs avaient troué mon pantalon et ma peau. Je saignais, comme si j'avais été mordue par un rat.

Enfin, au dernier étage, j'ai trouvé punaisé sur un mur le plan anatomique du géant. Au fond du gouffre qui lui tenait lieu d'estomac un château était dessiné. Au-dessous, on avait écrit : *Centre de stockage des émotions.*

— C'est ça ! a triomphé la valise. *La colère est une émotion.*

J'ai arraché le plan, je l'ai plié en quatre avant de galoper vers la sortie. Il m'a semblé que les employés grognaient un peu trop dans leur sommeil.

— Peut-être sentent-ils l'approche de la Réveilleuse ? a suggéré la mallette.

Je suis sortie du *Château de la pensée* pour retrouver la rue déserte. J'ai traversé la place afin de m'approcher du bord de la « falaise ». De là, on dominait l'abîme (en fait : la poitrine et le ventre du géant). Des passerelles en zigzag permettaient d'y descendre progressivement. Chaque fois qu'on arrivait au bout d'un pont, il fallait en prendre un autre, situé un peu plus bas, et ainsi de suite... Au bout d'un moment on arrivait au fond du gouffre. J'ai posé le pied sur la première de ces fichues passerelles. Tout de suite le vent l'a secouée comme s'il espérait me pousser dans le vide. J'avais l'impression d'explorer un précipice par une nuit sans lune. J'ai encore dû enjamber des gens qui dormaient en travers de mon chemin, là où les vapeurs du somnifère les avaient surpris.

L'embêtant, c'est que les idées noires s'étaient répandues jusque-là. Agenouillées, elles rongeaient les cordages retenant les passerelles, pour les faire s'écrouler. Je les ai frappées avec la mallette, sans obtenir de résultat. Elles semblaient insensibles à la douleur. Leurs dents tranchantes cisaillaient les câbles en produisant un horrible petit bruit de lime.

« Si les passerelles s'effondrent, ai-je pensé, je ne pourrai jamais revenir sur mes pas... »

Peu à peu je me suis rapprochée du fond. La lueur des réverbères m'a guidée vers le *Centre de stockage des émotions*...

Des soldats en gardaient les abords, mais ils dormaient, comme tout le monde dans ce pays de fous. Ils étaient équipés de grands sabres, trop tranchants à mon goût.

— Ce sont des traqueurs de virus, a commenté la valise. S'ils se réveillent, ils te tailleront en pièces car ta place n'est pas ici. Ne lambine pas, il faut qu'on soit repartis avant que les idées noires n'aient détruit les passerelles.

Une espèce de brouillard rosâtre flottait au ras du sol. J'ai reniflé. Ça empestait la pomme...

— Attention ! a lancé la mallette. Ce sont les vapeurs du somnifère. Si tu les respires, tu vas t'endormir, toi aussi. Retiens ton souffle et ne remue pas trop les pieds, ça ferait monter la brume jusqu'à ton nez.

L'odeur de compote me flanquait la migraine. Pour un peu, je me serais allongée sur un banc public. La somnolence me gagnait ; je devais m'éloigner de cet endroit.

J'ai poussé la porte du *Château des émotions*. Il y faisait sombre, comme partout ailleurs. Une ampoule jaunâtre éclairait le hall. Là aussi, les employés ronflaient par terre au milieu des paperasses leur ayant échappé des mains.

J'ai suivi les panneaux indicateurs jusqu'à une première salle. Sur la porte, il y avait écrit :

Centre de la joie. J'ai collé mon nez sur la vitre. C'était un dortoir, avec des centaines de couchettes superposées. Sur chaque couchette dormait un clown aux habits bariolés. J'ai estimé qu'il y avait là au moins trois cents clowns...

J'ai demandé :

— À quoi servent-ils ?

— À répandre la joie à travers le corps du géant, a répondu la valise. Le moment venu, ils sortent du bâtiment et se mettent à courir à travers la ville, en riant. Alors la joie envahit le géant, et il est heureux.

Un peu plus loin, se tenait une autre salle, le *Centre de la tristesse*... Un dortoir, encore, mais rempli de bonshommes gris, à la figure grimaçante. Rien qu'à les regarder on avait envie de pleurer.

— Le principe est le même, a chuchoté la mallette. Lorsqu'ils envahissent la cité, le géant se sent déprimé. Ne t'attarde pas, ces créatures ne nous intéressent pas.

J'étais tout de même fascinée. À l'étage du dessus j'ai trouvé le *Centre de l'amour*... Cette fois, des filles très belles occupaient le dortoir. Elles souriaient en dormant, comme si elles faisaient des rêves agréables.

— Grimpe ! Grimpe ! m'a ordonné la valise. Tu perds du temps. La Réveilleuse vient de sortir la seringue de son étui !

Enfin, au sommet du bâtiment, j'ai déniché le *Centre de la colère*... Une tête de mort avait été peinte sur la porte métallique fermée à clef. Sur une pancarte on pouvait lire :

Danger ! Accès interdit aux personnes non autorisées. Défense d'ouvrir la porte sous peine de déclencher une catastrophe.

J'ai jeté un coup d'œil à travers le hublot perçant le battant[1]. Le dortoir était occupé par des soldats en uniforme rouge, à la méchante figure. Ils grinçaient des dents en dormant et étreignaient nerveusement la poignée de leur sabre.

J'ai bredouillé :

— Z'ont pas l'air commode !

— Ils ne le sont pas ! a confirmé la mallette. S'ils se réveillent, ils bondiront hors de cette salle pour envahir la ville. Ils donneront des coups de sabre partout, ce qui aura pour effet de mettre le géant de mauvaise humeur... il entrera alors dans une rage folle.

— Comment faire pour les empêcher de sortir ? ai-je gémi. Ils sont au moins 500 !

1. La porte.

— Comme tu peux le constater, la porte est très solide. C'est une porte magique que personne ne peut forcer... *et elle est fermée à clef.* Si tu t'empares de cette clef, les employés du *Château des émotions* seront incapables de libérer les soldats rouges lorsque le géant se réveillera. Tu dois trouver cette clef. Dès que tu auras mis la main dessus, nous nous dépêcherons de remonter à l'air libre. Les soldats resteront prisonniers du dortoir et le colosse ne se mettra plus jamais en colère. Tu comprends ?

— Oui. Mais où se trouve la clef ?

— Aucune idée, cherche...

Au même moment une sorte de gémissement s'est fait entendre. C'était une plainte encore faible, mais ininterrompue qui résonnait à travers la cité.

J'ai hoqueté :

— C'est quoi ?

— Ça y est, a haleté la valise. *La Réveilleuse vient d'injecter l'élixir de réveil dans le corps du géant.* Le produit est en train de se répandre à travers les canalisations qui lui tiennent lieu de veines. Cette plainte, c'est le bruit des sirènes d'alarme qui se réveillent lentement... Les détecteurs ont repéré ta présence. Pour le moment ils sont encore trop ensommeillés pour que leur mugissement force les employés à ouvrir les yeux, mais ça va venir. Plus le temps passera, plus la sonnerie deviendra puissante, et tout le monde se réveillera... Tu dois te dépêcher avant que les soldats n'émergent du sommeil.

J'ai levé les yeux. Au-dessus de ma tête, un gros haut-parleur en forme d'entonnoir meuglait doucement. Les choses risquaient de se compliquer dès que ce bourdonnement d'abeille fatiguée se changerait en vacarme.

— La clef se trouve sans doute dans le bureau du directeur, m'a suggéré la mallette. C'est par là qu'il faut commencer.

J'ai regardé une dernière fois au travers du hublot. Les soldats rouges dormaient toujours mais il m'a semblé qu'ils faisaient plus de grimaces qu'une minute auparavant. Le bruit de la sirène les dérangeait déjà, troublant leurs rêves.

J'ai couru. Il y avait beaucoup d'escaliers, un nombre incroyable de couloirs, des portes et des pancartes partout. Un vrai labyrinthe. J'ai enfin déniché le bureau du directeur. Le bonhomme était effondré sur sa table de travail, le nez sur un dossier, un stylo entre les doigts.

Derrière lui, au mur, quatre clefs pendaient à des clous. Le problème, c'est qu'aucune étiquette ne permettait de les identifier ! Il s'agissait sans aucun doute des clefs des centres de la joie, de l'amour, de la tristesse et de la colère... mais laquelle était la bonne ? Hein ? Le chef du *Château des émotions* était, lui, capable de les différencier, *pas moi...* Je les ai décrochées pour les poser sur la table. Elles se ressemblaient comme deux gouttes d'eau. J'ai commencé à paniquer... dans le couloir, la sirène mugissait plus fort que tout à l'heure.

— Je fais quoi ? ai-je demandé à la valise. Nom d'un haricot vert ! elles sont toutes pareilles !

— Examine-les ! a marmonné la mallette. Il doit bien exister des différences. Fais vite... Les dormeurs s'agitent.

J'ai eu une idée :

— *Et si je les emportais toutes ?*

— Non, ce serait cruel, a répondu la valise. Les émotions du géant resteraient prisonnières des dortoirs, pour toujours. Ça le condamnerait à n'éprouver aucun sentiment. Il deviendrait un mort vivant ! On ne peut pas faire ça... Tu dois choisir une seule clef.

Ben voyons ! ai-je pensé.

Le mugissement des sirènes me mettait la tête à l'envers. On aurait dit qu'un millier de vaches braillaient dans les rues. Le chef de bureau a remué en marmonnant des mots incompréhensibles. D'ici cinq minutes il serait réveillé...

M'évertuant à rester calme, j'ai examiné les clefs. La valise avait raison ; quand on les regardait de près, on voyait qu'elles présentaient chacune de menues différences. Ça tenait à certains reflets sur le métal... La première avait des reflets roses, la deuxième était terne, la troisième scintillait, la dernière semblait rouge comme le cuivre... J'ai compris ! La première ouvrait le dortoir de l'amour, la seconde celui de la tristesse, la troisième celui de la joie. Quant à la dernière, c'était forcément celle du *Centre de la colère* !

— Je l'ai ! ai-je triomphé.

— Ne la lâche pas, a soufflé la mallette, et sors d'ici sans attendre. Ils sont tous en train de se réveiller !

La clef de cuivre dans une main, la valise dans l'autre, j'ai galopé au long des couloirs et des escaliers pour gagner la sortie. Un peu partout les employés grognaient en s'agitant. Certains essayaient même de s'asseoir. Ils bâillaient, les paupières encore closes. L'une des sirènes d'alarme a proclamé :

— *Attention ! Attention ! un corps étranger a été détecté dans l'enceinte de la ville. Il s'agit d'un virus dangereux. Ordre à toutes les unités de l'intercepter et de le détruire...*

C'est de moi qu'on parlait !

Quand j'ai bondi hors du *Château des émotions*, les gardiens se redressaient. Encore somnolents, ils cherchaient leurs sabres à tâtons. J'en ai profité pour courir en direction de la passerelle. À présent il me fallait remonter de pont en pont jusqu'à l'oreille du géant. Je tremblais de peur à l'idée que les idées noires avaient peut-être réussi à détruire plusieurs passerelles, m'empêchant de sortir des abîmes.

— Vite ! Vite ! glapissait la valise.

Le brouillard parfumé à la pomme avait disparu, signe que l'élixir de réveil était au travail. La sorcière avait mené sa mission à bien. Le produit magique coulait maintenant dans toutes les canalisations de la cité intérieure. Ses vapeurs combattaient celles du somnifère.

J'ai réalisé qu'il était beaucoup plus difficile d'utiliser les passerelles pour remonter que pour descendre. En outre, quelque chose de bizarre était en train de se produire... la clef devenait chaude dans ma main. Je veux dire *très chaude...* Comme si on venait de la sortir du four !

Je l'ai dit à la valise. Elle a répondu :

— C'est un système de sécurité. Plus tu t'éloigneras du *Château des émotions*, plus la clef deviendra brûlante. De cette manière, personne ne peut la sortir du géant. C'est assez malin.

J'ai grogné :

— Peut-être bien, mais ça me brûle les doigts !

— Enveloppe-la dans un chiffon.

Je me suis arrêtée pour ôter mon tee-shirt. J'ai fourré la clef dedans et repris mon escalade.

Au troisième pont j'avais les jambes coupées et le souffle me manquait. La ville avait cessé d'être silencieuse. Un peu partout des cris s'élevaient. Les sirènes d'alarme signalaient tous mes déplacements. Elles disaient :

— *Le virus se trouve au niveau du pont numéro 4, le virus emprunte la passerelle numéro 3...*

C'était agaçant.

Ce que je redoutais le plus s'est produit. Alors que je sortais du pont numéro 3, deux soldats se sont avancés vers moi pour me barrer la route. Ils traînaient de longs sabres étincelants. Heureusement, ils étaient à peine réveillés. Leurs paupières avaient du mal à rester ouvertes et ils bougeaient au ralenti. Je me suis faufilée entre eux alors qu'ils essayaient péniblement de lever leurs lames. Ça m'a sauvé la vie, s'ils avaient eu les yeux ouverts, ils m'auraient coupée en tranches sans l'ombre d'une hésitation.

— *Alerte ! Alerte !* ont encore hurlé les sirènes. *Le virus a volé la clef du Centre de la colère. Ordre à toute la population de se mobiliser pour l'intercepter ! Je répète...*

Ça ne rigolait plus. Des gens à la démarche de somnambules se sont dirigés vers moi. Avec leur face de lune ils ressemblaient à des morts vivants.

Ils essayaient de m'attraper au passage. Leurs affreuses mains molles et griffues laissaient des estafilades sur mes bras. Heureusement, la somnolence les privait d'une partie de leurs forces et aucun d'eux n'a réussi à m'immobiliser.

Une odeur de tissu brûlé est montée à mes narines. C'était le tee-shirt enveloppant la clef qui brûlait ! J'ai dû le jeter par terre et le piétiner pour éteindre les flammes. La clef était maintenant si chaude que je ne pouvais plus la tenir dans la main. J'ai eu une idée. Je l'ai posée sur la valise et j'ai pris celle-ci entre mes bras, comme un plateau-repas. De cette manière, j'étais protégée des brûlures.

J'ai dû éviter encore deux gardes. Cette fois ça a été moins facile car ils bougeaient plus vite. L'une des lames m'a frôlé le nez !

Enfin, je suis arrivée à l'étage du *Château de la pensée*. À présent la clef de cuivre brillait comme si on venait de la sortir du feu. Sa chaleur se communiquait au métal de la valise. J'ai traversé la place en courant pour gagner le tunnel menant à l'oreille droite.

Il faisait beaucoup moins sombre, et j'ai eu l'impression que le jour se levait.

— C'est le géant ! a expliqué la mallette, il est en train d'entrouvrir les paupières ! La lumière du dehors pénètre dans ses yeux.

Je me suis engouffrée dans le tunnel, poursuivie par les employés du *Château de la pensée* dont les doigts griffus essayaient de m'agripper. J'ai failli tomber dix fois dans le canal de l'oreille et repartir en arrière, cul par-dessus tête... Vous avez déjà essayé de prendre un toboggan à l'envers ? Je peux vous assurer que ça n'a rien de facile.

Enfin j'ai émergé à l'air libre. Mon premier mouvement a été de jeter la clef brûlante au loin avant que la valise ne devienne aussi chaude qu'une poêle à frire. Elle a tourbillonné dans les airs, scintillante tel un morceau de cuivre en fusion, puis s'est perdue au milieu des taillis et des ronces.

Je me suis prise à espérer que personne ne la retrouverait.

Bon, j'avais réussi ma mission. D'ici dix minutes le géant serait réveillé mais comme il lui serait impossible de se mettre en colère, le village serait épargné.

Je me suis laissée glisser jusqu'au sol. Au-dessus de moi le colosse bâillait et grognait en battant des paupières.

Alors que je me préparais à m'enfuir, une idée de génie m'a traversée ! J'ai tiré de mon sac à dos la bouteille Thermos contenant Poppie et j'ai posé le pied sur la cape magique. J'ai vu Mélanie, la pharmacienne, passer en courant, les bras chargés de bijoux et de pierres précieuses. D'autres la suivaient de près, remorquant eux aussi leurs richesses...

J'ai débouché la bouteille et versé le liquide sur la cape.

— Je veux que Poppie redevienne comme elle était avant ! ai-je crié.

En même temps, je me maudissais d'avoir laissé à la maison la carte postale dans laquelle mes parents étaient retenus prisonniers, mais j'avais eu peur de l'abîmer en l'emportant dans la forêt, voilà pourquoi je l'avais rangée dans le livre posé sur ma table de chevet avant de partir. Quel manque de chance !

Au bout de dix secondes, Poppie s'est matérialisée sur la cape. La vraie Poppie, pas la princesse aux blonds cheveux qui nous avait tellement cassé les pieds lors de notre équipée à la rivière.

Bon, ça fonctionnait ! Sans attendre, j'ai galopé ventre à terre jusque chez moi pour aller chercher la carte postale ensorcelée. Avec un peu de chance, le géant serait encore là lorsque je reviendrais...

Hélas, ça n'a pas marché comme je l'espérais.

Alors que je sortais de la maison, la carte postale serrée sur mon cœur, le géant s'est brusquement levé en s'étirant. Il a bâillé à la manière d'un lion qui rugit, puis il a secoué sa cape pour la débarrasser des constructions que les gens du village avaient entassées dessus. Un seul coup a suffi à réduire en miettes les châteaux, les palais tirés du néant par magie.

Je me suis figée. Le géant m'a regardée droit dans les yeux. Je pense qu'il était en train de se rendre compte qu'on l'avait piégé. Normalement il aurait dû entrer dans une épouvantable colère et nous piétiner. Heureusement que j'avais volé la clef du dortoir des soldats rouges, sinon j'aurais été la première à finir aplatie !

Finalement, il a haussé les épaules, a tourné les talons pour s'enfoncer dans la forêt.

J'ai crié :

— *Attends !* en brandissant la carte postale, mais il ne m'a pas écoutée. Les arbres se sont refermés derrière lui. Je me suis retrouvée comme une idiote, mon bout de carton à la main.

Je me suis mise à pleurer. Alors Poppie — la vraie Poppie, celle d'avant — est sortie du nuage de poussière soulevé par la cape. Elle s'est approchée de moi et m'a prise dans ses bras. On a pleuré longtemps, toutes les deux. À la fois de joie et de chagrin.

Bon, ça sert à ça les copines.

12

Poursuite nocturne

Contrairement à ce qu'elle avait annoncé, Matilda n'avait pas osé s'enfuir en abandonnant Poppie. Nous l'avons retrouvée chez elle, penaude. Dans l'heure qui a suivi nous avons assisté au départ précipité des gens du village. Ils s'en allaient tous, en emportant leurs trésors.

— Quels imbéciles ! a grommelé Matilda. Ils n'iront pas loin avec tout cet or, les brigands de la forêt auront tôt fait de les en dépouiller.

Poppie a glissé sa main dans la mienne et l'a serrée.

— Tu ne m'en veux pas ? ai-je demandé. Tu étais belle... Quand j'ai ordonné à la cape de te rendre « comme avant », j'ai oublié de préciser que tu avais changé de forme entre-temps.

Poppie a haussé les épaules.

— C'est pas grave, a-t-elle soupiré. J'étais devenue une sacrée peste. C'est peut-être mieux comme ça. En tout cas, c'est moins pire qu'être prisonnière au fond d'une bouteille Thermos ! Et puis, quelque part, tu avais raison. La magie, c'est de la triche. Je suis désolée pour tes parents.

— Je finirai bien par trouver une solution pour les sortir de là, ai-je assuré.

Mélanie est partie, et le maire, et... tout le monde, en fait ! Fallait les voir décamper en se jetant des coups d'œil méfiants, les mains crispées sur leurs sacs d'or.

Nous nous sommes retrouvées seules, Matilda, Poppie et moi. Toutes les maisons du village étaient vides sauf la nôtre.

— Bon, a annoncé Matilda, puisque c'est comme ça, je vais faire des frites.

Et on a fait des frites parce qu'on mourait de faim.

Pendant qu'on mangeait, Matilda a dit :

— La Réveilleuse est repartie comme elle était venue, par la rivière. Sitôt la piqûre faite, elle a tourné les talons. Léopold est resté là, à surveiller le géant. Je crois qu'il attendait son réveil dans l'espoir de le voir piétiner le village. Il a été drôlement déçu.

Je n'ai rien répondu. J'étais en train d'imaginer ce qu'allait être notre vie au milieu du hameau désert. Pas follement réjouissant.

Le repas terminé, elles ont voulu que je reste avec elles mais j'ai refusé, je voulais rentrer à la maison pour mettre la carte postale en sûreté. On s'est fait la bise en essayant de rester positives, confiantes en l'avenir, et tout ça...

C'est en remontant le chemin menant à ma maison que j'ai vu bouger dans les taillis, au pied du trône de granit maintenant vide. Je me suis immobilisée. J'avais peur qu'il ne s'agisse d'une bête, d'un sanglier, d'un loup...

Une petite silhouette s'est soudain dressée... et j'ai reconnu Léopold. Il m'a regardée en ricanant, puis, d'un bond, s'est enfoncé dans la forêt. Il tenait quelque chose de brillant à la main.

Brusquement j'ai compris ! Je me suis précipitée chez Matilda. J'ai cogné à la porte, à bout de souffle. Quand on m'a ouvert, j'ai bredouillé :

— Léopold ! Il vient de récupérer la clef de cuivre ! *Il s'est lancé à la poursuite du géant pour la lui rendre.*

— Et alors ? a fait Poppie.

— Bandes de nouilles ! a nasillé la valise au bout de mon bras. Vous ne comprenez donc pas ? Le géant va avaler la clef. Les employés du *Centre des émotions* la récupéreront et l'utiliseront pour déverrouiller le dortoir des soldats rouges. Ce qui signifie que le colosse va faire demi-tour pour se venger ! Il va revenir vous piétiner !

Matilda et Poppie sont devenues blêmes. Je savais que la valise disait la vérité. Léopold nous détestait, il n'avait qu'une idée en tête, se venger. Il ne nous épargnerait pas.

— Il faut s'en aller, a balbutié Poppie, se cacher quelque part.

— Inutile, a soufflé la valise. Le géant vous retrouvera où que vous alliez. Vous êtes perdues.

— *Perdues ?* a couiné Matilda.

— Oui, a confirmé la mallette, à moins que...

— À moins que quoi ? a crié Poppie.

— À moins que Nouchka ne soulève mon couvercle, a proposé la valise d'un ton mielleux que je n'ai pas aimé. J'userais de mes pouvoirs magiques pour vous rendre toutes petites. Il vous sera alors possible de rejoindre les adolescentes qui vivent entre mes flancs, à l'abri, dans la joie et la bonne humeur.

— Ouais, ai-je grogné, tes petites prisonnières ?

— Que tu es soupçonneuse ! a gémi le bagage ensorcelé. J'offre simplement de vous sauver la vie. Sitôt mon couvercle refermé, je m'envolerai à des kilomètres d'ici, là où le géant ne vous retrouvera jamais.

— Ça paraît une proposition raisonnable, a bredouillé Matilda qui tremblait comme une feuille.

Je n'étais pas d'accord. Je soupçonnais la valise de profiter de la situation pour essayer de nous capturer. Je n'avais jamais réellement pu déterminer si elle se comportait en amie ou si elle avait une idée derrière la tête. (En admettant qu'on puisse parler ainsi d'une valise !)

J'ai dit :

— Nous perdons du temps, à mon avis il n'y a qu'une chose à faire : se lancer à la poursuite de Léopold et lui reprendre la clef avant qu'il ne la rende au géant.

Les filles étaient d'accord. Comme je savais par expérience que la clef serait brûlante, j'ai conseillé à

Matilda d'emporter l'un de ces gants rembourrés qui servent à sortir les plats du four.

— Pourquoi Léopold a-t-il pu la saisir sans se rôtir les doigts ? s'est étonnée Poppie.

— Parce que c'est un ancien géant, a répondu Matilda. Ceux de sa race sont protégés contre de tels inconvénients.

J'ai lancé :

— On se retrouve à l'entrée de la forêt, j'ai quelque chose à prendre chez moi.

En fait, je voulais emporter la carte postale au cas où j'aurais de nouveau l'occasion de poser le pied sur la cape du géant ! Je ne voulais pas commettre deux fois la même erreur. J'ai également pris un seau, une corde, et une paire de gants de caoutchouc pour la vaisselle.

Traînant ce bric-à-brac un peu bizarre, j'ai rejoint les filles à la lisière du bois. La nuit tombait.

— Léopold a beaucoup d'avance sur nous, a fait remarquer Matilda.

— Sans doute, ai-je répondu, mais il a les jambes courtes et il ne marche pas vite. On a une bonne chance de le rattraper. L'obscurité va nous aider. Dans le noir on verra briller la clef magique. Il n'y aura qu'à suivre la lueur.

On a commencé à longer la rivière enchantée en prenant garde de ne pas trop s'en approcher. Ce n'était pas le moment de tomber dedans !

— Et comment comptes-tu arracher la clef à Léopold ? a demandé Matilda. Il est fort, tu sais. Il a beau être petit, il reste en lui un peu de la puissance qui était la sienne jadis, avant qu'il ne rapetisse.

J'ai dit :

— J'ai mon idée là-dessus. Pour une fois la rivière ensorcelée va nous être utile. Je vais y remplir ce seau. Quand nous aurons rattrapé Léopold, s'il refuse de nous obéir, je l'aspergerai de la tête aux pieds. Quand il aura fondu, nous n'aurons plus qu'à récupérer la clef de cuivre.

— Ouais, a grogné Matilda, je ne suis pas sûre qu'il se liquéfie... n'oublie pas que c'est un ancien géant. L'eau magique n'aura peut-être aucun effet sur lui.

J'ai haussé les épaules.

— On verra bien, ai-je lâché. Je n'ai pas d'autre idée à proposer.

Il faisait de plus en plus noir sous les arbres, on ne voyait plus où poser les pieds. Je n'avais qu'une peur : me tromper de direction et tomber dans la rivière !

— Eh ! a lancé une voix dans l'obscurité, c'est vous, les filles ?

Une lanterne s'est allumée, j'ai reconnu Julien, le jeune bûcheron.

— Qu'est-ce que vous fichez ici en pleine nuit, a-t-il lancé, c'est dangereux.

Je lui ai expliqué ce que nous tentions de faire. Il a hoché la tête mais j'ai vu qu'il ne m'écoutait pas vraiment. La lanterne levée, il dévisageait Matilda et Poppie... comme s'il cherchait quelqu'un. À la fin, il s'est penché vers moi pour demander :

— Ta copine, *celle qui était jolie,* elle n'est pas avec vous ?

J'ai compris qu'il ne reconnaissait pas Poppie sous sa véritable apparence. Ça n'a pas plu à ma copine.

Elle s'est approchée et lui a balancé un coup de poing dans le nez. Le pauvre garçon en est tombé sur le derrière.

— Eh ! a-t-il gémi. Qu'est-ce qui lui prend ? Elle est folle celle-là ! Je ne la connais même pas, c'est la première fois que je la vois !

J'allais lui expliquer de quoi il retournait quand j'ai vu briller quelque chose entre les arbres, au loin... Une petite lumière qui dansait comme un feu follet. La clef de cuivre ! Elle sautillait au même rythme que Léopold bondissant à travers les buissons.

J'ai aussitôt enfilé mes gants de caoutchouc pour remplir le seau à la rivière. J'avais bien conscience que c'était dangereux. Si par accident je le renversais sur mes pieds, ceux-ci fondraient en l'espace de trois secondes... Il me faudrait être très prudente.

— Éteins ta lampe, ai-je ordonné à Julien. Il faut suivre la petite lueur qui danse entre les arbres.

— Alors je vais vous guider, a décidé le garçon. Vous ne connaissez pas la forêt, vous allez foncer la tête la première dans les pièges à loups-garous qui jonchent le sol.

J'ai rempli le seau avec précaution. C'était sacrément lourd ! Julien m'a proposé de le porter. Comme il avait de gros muscles, j'ai dit oui. Son nez saignait un peu. J'ai eu de la peine pour lui. Mais bon, quelque part il l'avait bien mérité. C'est agaçant cette manie qu'ont les garçons de ne s'intéresser qu'aux filles super jolies, vous ne trouvez pas ?

La poursuite a commencé. Je vous passe les détails. On galopait dans le noir, en file indienne derrière Julien, les yeux fixés sur la tache lumineuse de la clef.

Heureusement, à cause de ses petites jambes, Léopold n'avançait pas vite. Je n'osais penser à ce qui se produirait s'il réussissait à rattraper le géant...

J'ai failli me casser dix fois la figure en trébuchant sur les racines. Peu à peu, la lumière de la clef magique devenait plus brillante.

— On le tient ! a soufflé Julien, mais nous nous rapprochons également d'un géant... Je flaire son odeur.

J'ai frémi. Il fallait à tout prix mettre la main sur Léopold avant qu'il ne soit trop tard !

Le nain a dû nous entendre car il s'est mis à courir. Heureusement, avec Matilda et Julien, nous avons réussi à l'encercler pour lui barrer le chemin alors qu'il tentait de traverser une clairière. Tout à coup, la lueur de la lune lui est tombée dessus en plein, comme le pinceau d'un projecteur. Il tremblait de rage, le poing serré sur la clef brûlante qui fumait dans la nuit. J'ai crié :

— Arrête ! Nous ne te ferons pas de mal si tu nous donnes la clef...

— Pas question ! a hurlé Léopold d'une voix déformée par la haine. Je veux que le géant vous piétine tous ! Ce sera ma vengeance ! Je vous déteste !

Et il a tenté le tout pour le tout en essayant de forcer le barrage. Il m'a expédié un terrible coup de poing dans l'estomac, et la clef m'a brûlé la peau à travers mes vêtements. Heureusement, Julien lui a balancé le contenu du seau en pleine figure, sans hésiter. Moi, peut-être que je n'aurais pas osé car je n'aime pas faire du mal aux gens, même à mes ennemis. Je suis trop gentille, on me l'a souvent reproché.

Léopold s'est ébroué avant de se remettre à courir. Le géant n'était plus très loin... S'il parvenait à tenir encore quelques minutes, il pourrait lui rendre la clef !

J'ai bien cru qu'il allait réussir. Il était presque sorti de la clairière quand il a commencé à fondre. Son corps s'est soudain liquéfié, comme une glace oubliée en plein soleil, et ses habits sont tombés en vrac sur le sol.

— Ça y est ! a triomphé Julien. La terre l'a bu. Il ne reviendra pas.

La clef fumait dans l'herbe. Je l'ai ramassée à l'aide du gant de cuisine, puis jetée au fond du seau.

— Que va-t-on en faire ? a demandé Matilda.

— On va l'enterrer quelque part, ai-je décidé. Là où personne ne la trouvera. Ce sera notre secret.

J'avais hâte de m'en débarrasser car je craignais que le géant ne flaire sa présence et ne soit tenté de la récupérer !

13

À bientôt !

Bon, voilà, c'est ainsi que s'est terminée cette aventure. Nous avons enseveli la clef en un endroit secret que je ne vous révélerai pas car je sais que certains d'entre vous sont de sacrés petits curieux qui ne pourraient pas s'empêcher d'aller la déterrer.

Je n'ai pas revu le géant. Je suis retournée au village avec Matilda et Poppie. Nous en sommes désormais les seules habitantes. La mauvaise herbe a envahi les rues et, de plus en plus souvent, les lapins sortent de la forêt pour se promener sous nos fenêtres.

Julien vient nous voir. Quand je suis seule avec lui, il me demande en chuchotant où est passée notre copine, « celle qui était jolie »... Je lui ai répondu qu'elle ne reviendrait pas, mais il insiste. Les garçons sont lourds, parfois.

La valise ne me parle plus. Sans doute qu'elle boude parce que j'ai refusé de l'ouvrir. Je m'en fiche, elle se remettra à jacasser bien assez tôt, et comme ce sera pour nous annoncer une nouvelle catastrophe...

Le soir, j'écris à mes parents au dos de la carte postale. Je leur dis de patienter, que je trouverai tôt ou tard le moyen de les sortir de là, mais bon, faudra attendre un prochain épisode.

En attendant, bisous...

À bientôt. Je vous aime tous.

Votre Nouchka.

Découvre la suite des aventures
de Nouchka dans

Nouchka

et la couronne maudite

EN LIBRAIRIE LE 1er JUIN 2007

1

La menace inconnue

La valise magique m'a réveillée dans la nuit. Une voix nasillarde en sortait, bredouillant des mots incompréhensibles. Je me suis assise en grognant. J'ai tendu l'oreille.

– Tu dois te mettre en route, vite ! a marmonné la mallette, quelqu'un a besoin de ton aide... La princesse Amandine est en danger. Toi seule peux la secourir.

J'ai dit :

– *Qui ?* Je ne connais pas de princesse Amandine. C'est quoi ce délire ?

– De l'autre côté de la forêt s'étend le royaume des sortilèges, gouverné par le roi Anagatos VI, a repris la valise. Amandine est sa fille. *Si tu ne l'aides pas, elle mourra assassinée.* À ta place j'éviterais de me rendormir, le temps presse.

La valise est assez crispante, mais elle a souvent raison. Je ne sais pas si je l'aime ou si je la déteste. Parfois j'ai envie de la jeter au fond d'un puits, mais à d'autres moments je me dis que je ne supporterais pas son absence. Allez y comprendre quelque chose !

Je suis allée voir ma copine Poppie pour lui demander si elle voulait m'accompagner.

— Non, m'a-t-elle répondu, je commence juste la lecture des aventures du *Docteur Squelette, génie du crime* ; il y a sept tomes de 3 706 pages chacun, tu seras revenue que j'aurai pas encore fini ! Et puis le royaume des sortilèges, c'est à l'autre bout du pays, je vais pas m'user les pieds pour aller porter secours à une pimbêche qui ne me dira même pas merci !

Poppie a son caractère. C'était pas la peine d'insister.

Je suis rentrée à la maison pour écrire un mot à mes parents au dos de la carte postale où ils sont retenus prisonniers à cause d'un envoûtement dont j'espère bien, un jour, venir à bout.

Je vais sauver une princesse, ai-je tracé à l'encre violette. *Je ne la connais pas, mais bon, il paraît qu'on va l'assassiner, je ne peux pas laisser faire ça.*

Les mots que je venais d'écrire se sont peu à peu effacés pour être remplacés par ceux que Maman m'écrivait, du fond de la carte postale :

Je te reconnais bien là ! Tu es courageuse, ma petite fille, mais fais bien attention à toi. Je t'embrasse très fort.

J'ai rangé le rectangle de carton ensorcelé dans un endroit secret. Sur l'image, mes parents étaient toujours figés dans la même pose. Ils me manquaient. Au début j'avais cru que ce serait amusant de vivre toute seule dans la maison, mais j'avais vite réalisé que je me trompais.

J'ai déjeuné, passé des vêtements propres, enfilé de solides chaussures de marche et consulté une carte des environs.

Enfin, j'ai empoigné la valise magique et je suis partie pour le royaume des sortilèges.

De toute façon ce serait certainement plus passionnant que d'aller à l'école !

2

Les filles de la forêt

Pas fière du tout, je me suis présentée à la grille du palais royal, la valise à la main. J'étais persuadée que les sentinelles me chasseraient à coups de piques et que l'aventure s'arrêterait là ; mais, à ma grande surprise, les choses ne se sont pas passées de cette manière.

Des soldats enveloppés dans des armures brillantes montaient la garde de part et d'autre de l'entrée. Ils ont crié : « Qui va là ? » en agitant leurs armes, ce qui a produit un vacarme de casseroles malmenées. J'ai montré la valise en expliquant que c'était elle qui m'avait dit de venir. J'ai pensé : « Ils vont me prendre pour une folle. » Mais non, ils avaient l'air d'avoir entendu parler de la mallette et de connaître ses pouvoirs. Ils se sont effacés pour me laisser entrer. J'ai commencé à remonter une allée interminable. De part et d'autre du chemin se dressaient des statues de lions et de dragons, en marbre blanc ; certaines très abîmées par les siècles. Tout au fond, on apercevait le palais. Un grand château aux tours tarabiscotées[1]. Des oriflammes[2] bleu et or claquaient au vent. Tout ça aurait pu être très joli, hélas, le soleil se couchait, la nuit allait bientôt s'installer, et je dois avouer que dans la lumière rougeâtre du soir le spectacle avait quelque chose d'inquiétant.

De l'autre côté des grilles encerclant le parc s'étendait une forêt, épaisse, sombre. Les arbres y étaient si serrés qu'on aurait eu le plus grand mal à se faufiler entre les troncs. *Il m'a semblé que des gémissements s'en échappaient.*

« Idiote ! ai-je pensé. Ne joue pas à te faire peur. C'est le vent dans les branches. »

Et j'ai continué à marcher en essayant d'avoir l'air digne. Je sentais qu'on m'observait. Sans doute quelqu'un, embusqué derrière l'une des mille fenêtres de la façade, m'espionnait-il au moyen d'une lorgnette ? Ça n'avait rien d'agréable et j'ai fait un effort pour prendre l'expression décidée de la fille qui ne s'en laisse pas conter. En réalité je me sentais toute petite et perdue au milieu de ce jardin immense et vide. Les gémissements provenant de la forêt me mettaient de plus en plus mal à l'aise.

Alors que je me rapprochais du grand escalier de marbre rose, une adolescente d'une quinzaine d'années a surgi de derrière un massif de fleurs. Vêtue d'une longue robe verte, elle avait l'air d'une princesse, et j'ai cru, une seconde, qu'il s'agissait de la fameuse Amandine. J'étais embarrassée car je ne

1. Compliquées, surchargées de décorations.
2. Drapeaux longs et étroits, parfois pointus ou se terminant par des franges.

sais pas faire la révérence, ni aucun de ces trucs pratiqués dans les châteaux. Elle m'a détrompée.

— Non, non, a-t-elle balbutié, je m'appelle Flore, je suis la demoiselle de compagnie de la princesse... Veux-tu me rendre un grand service ?

Elle semblait très angoissée. J'ai vu qu'elle tenait une grosse chaîne entre ses mains. Une chaîne munie de bracelets d'acier et d'un cadenas.

J'ai dit :

— Oui, si ça peut vous aider. Qu'est-ce que je dois faire ?

— M'attacher à la rampe de l'escalier d'honneur, a balbutié la demoiselle. Ensuite tu garderas la clef dans ta poche et tu t'en iras loin, loin... Reviens me libérer demain matin, quand il n'y aura plus de danger.

J'ai dit :

— *Heu ?*

Je n'y comprenais rien mais Flore paraissait au comble de la panique.

— Vite, a-t-elle supplié. La nuit va tomber ! D'habitude, c'est la princesse qui m'attache, mais ce soir je n'ai pas réussi à la trouver, le château est si grand... Si tu acceptes de m'aider, je te donnerai cette belle broche.

Elle a désigné un camée d'ivoire et d'or épinglé au bas de son décolleté. Un très beau bijou. J'ai posé la valise sur le sol, pris la chaîne, et attaché Flore à la rampe de marbre de l'escalier. Quand les menottes ont claqué sur ses poignets, elle a poussé un soupir de soulagement.

— Ah ! Tu me sauves la vie !

Je n'ai rien dit, tout ça me paraissait un peu bizarre, mais bon, j'y étais préparée, je savais bien qu'en écoutant la valise j'allais me mettre dans une histoire invraisemblable.

Flore s'est assise sur une marche, les mains entravées, prisonnière des menottes. Elle regardait anxieusement du côté de la forêt. Elle avait complètement oublié mon existence.

— Je vous laisse, ai-je murmuré, essayez tout de même de passer une bonne nuit.

Elle ne m'a pas répondu. Je me suis avancée vers l'entrée du palais. Là encore les serviteurs m'ont laissé passer. Je me suis retrouvée toute seule au milieu d'une galerie immense tapissée de miroirs et de statues. La lueur du soleil couchant pénétrait par les trois cents fenêtres perçant la façade, badigeonnant les objets d'une couleur sanglante du plus mauvais effet. Je n'ai pas eu le courage de crier : « Y'a quelqu'un ? » Tout était si majestueux. Je me sentais totalement godiche, mal habillée, mal coiffée, les chaussures pleines de poussière. L'horreur absolue !

Comme il fallait bien faire quelque chose, j'ai remonté la galerie. À ce moment-là une porte s'est ouverte et vingt jeunes filles se sont éparpillées au hasard des corridors, sans me prêter la moindre attention. Elles étaient vêtues de longues robes brodées d'or et riaient de façon distinguée en cachant leur jolie bouche derrière un éventail. Une seule d'entre elles portait un diadème orné de pierres précieuses. J'ai parié qu'il s'agissait de la princesse Amandine. Elle avait environ 14 ans ; elle avait l'air d'une poupée de porcelaine affreusement fragile.

Tout était magnifique chez elle, les cheveux, le nez, les yeux… Elle était *trop*, quoi ! Être belle à ce point ça devrait pas être permis, c'est décourageant pour les autres, vous n'êtes pas de mon avis ?

Je me suis avancée vers elle pour me présenter. Elle n'a pas paru surprise.

— Ah oui, a-t-elle fait d'un ton distrait, tu es comme sur le portrait.

— Quel portrait ? ai-je demandé.

Alors, elle a déplié son éventail pour me le montrer. Ma figure était peinte dessus ! J'en suis restée bouche bée.

— C'est un éventail magique, a expliqué Amandine. Un éventail horoscope. Tous les matins les prédictions de la journée s'y inscrivent sous forme de petits dessins qui s'effacent quand le jour s'achève. Ce matin, c'était ton visage. Comme il est peint en rose, ça signifie que ta venue sera bénéfique. S'il avait été peint en gris, ç'aurait été mauvais signe et je t'aurais fait jeter dehors par les gardes.

— Je m'appelle Nouchka, ai-je déclaré, ça, c'est pas écrit sur l'éventail.

Elle m'agaçait un peu. Elle a ri. Elle riait divinement bien. On aurait pu enregistrer son rire sur CD et le mettre en vente, ça aurait rapporté des fortunes.

— Pourquoi voulais-tu me rencontrer ? s'est-elle enquise en penchant gracieusement la tête.

J'ai dû lui annoncer les prédictions de la valise. La menace, le complot, tout quoi… Elle a cessé de sourire. Une expression qui ressemblait à de la peur s'est installée sur sa jolie figure. Elle a regardé pardessus son épaule pour s'assurer qu'on ne nous espionnait pas. J'ai eu dans l'idée que je ne lui apprenais rien.

— Viens, a-t-elle murmuré. Ne restons pas ici, les murs ont des oreilles. On ne peut jamais être sûre qu'il n'y a pas quelqu'un de dissimulé derrière l'un de ces miroirs.

Au loin, on entendait rire les autres demoiselles, mais dans la galerie qu'envahissait la nuit, l'atmosphère était plutôt inquiétante.

Soudain, Amandine a tressailli et porté la main à sa gorge.

— Mon Dieu ! a-t-elle hoqueté. Le soir tombe et j'ai oublié d'enchaîner Flore...

— Pas de panique, ai-je grogné, je m'en suis chargée. Elle est en ce moment même menottée à la rampe du grand escalier, mais je ne comprends toujours pas pourquoi elle y tenait tant. Vous allez peut-être me l'expliquer ?

Mais Amandine ne m'écoutait pas. Courant vers l'une des hautes fenêtres, elle regarda dans le parc pour s'assurer que sa demoiselle de compagnie était bien enchaînée. Flore tirait sur ses menottes avec rage, comme si elle espérait s'en libérer. Sur son visage, la colère avait succédé à la peur.

— Elle n'a pas l'air de savoir ce qu'elle veut, ai-je fait observer. Tout à l'heure elle suppliait de l'enchaîner ! J'y pige rien !

— C'est la faute de la nuit, a chuchoté Amandine. Durant le jour ça va, mais dès que soleil disparaît à l'horizon, elle est reprise par ses instincts. Une force qui la dépasse la pousse à courir vers la forêt, de l'autre côté des grilles. Si elle y parvenait, je la perdrais. Et cela, je ne le veux à aucun prix, c'est mon unique amie. Nous avons été élevées ensemble. Hélas, comme toutes les filles du peuple des Sylves, elle est condamnée à se transformer. Voilà pourquoi je l'enchaîne au coucher du soleil. Ce soir j'ai failli oublier. Ce cours de sourires n'en finissait pas...

J'ai froncé les sourcils. L'explication de la princesse n'expliquait pas grand-chose en vérité, mais je n'osais pas insister. Au lieu de ça, j'ai demandé :

— C'est quoi « un cours de sourires » ?

— Ça fait partie de la formation des jeunes filles de qualité, a-t-elle répondu. On y apprend à sourire en toutes circonstances. Il y a le sourire de cérémonie, le sourire de diplomatie, le sourire de funérailles, le sourire de guerre, le sourire de haine, le sourire qui dit oui, le sourire qui dit non. Il faut savoir maîtriser tout ça. Demain j'ai cours de sanglots. On y enseigne à pleurer de mille manières, de façon à rester toujours jolie, sans faire de grimaces ridicules. C'est tout un art. On peut se ridiculiser en pleurant n'importe comment. Une princesse ne peut pas se permettre d'être ridicule.

J'ai fait :

— *Ah ?*

J'étais un brin dépassée.

— Après-demain j'ai cours de ruban, a-t-elle continué. On nous apprend à nouer nos rubans de façon qu'ils signifient toujours quelque chose. Un ruban noué de telle ou telle manière est un message adressé à ceux qui nous entourent. Il peut vouloir dire : « j'ai envie d'être amoureuse » ou encore « je suis triste »... tu comprends ?

— C'est passionnant, ai-je dit, par politesse.

En réalité ça me semblait affreusement ennuyeux. Je ne m'imaginais pas passant mon temps à nouer des rubans !

Ensuite, pendant que nous gagnions l'étage supérieur, Amandine m'a parlé de ses « cours d'éventail ». Là aussi il s'agissait de manier l'éventail de telle ou telle façon. En l'ouvrant, en le fermant, en l'agitant, on pouvait transmettre des messages muets, des messages codés... Rien qu'à l'écouter j'en avais la migraine. Pourtant, au fond de moi, une petite voix me soufflait que, si Amandine se montrait si bavarde, si coquette, *c'était pour cacher sa peur.*

Nous sommes arrivées au premier étage, aussi désert que le rez-de-chaussée. Ce palais me faisait une drôle d'impression. Il y régnait une atmosphère bizarre. La princesse m'a poussée dans une salle assez vaste pour y faire galoper un cheval. « Ma chambre », a-t-elle annoncé, puis elle a couru à la fenêtre pour observer Flore qui continuait à secouer la chaîne bouclée autour de la rampe. À force de s'agiter, elle avait les poignets en sang.

— Pourquoi fait-elle ça ? ai-je insisté, lassée de tant de mystères.

— Je t'expliquerai demain, a chuchoté Amandine. À présent il faut dormir. Tu trouveras un divan dans ce cabinet, c'est là que dorment d'ordinaire mes dames de parage[1].

J'étais de mauvais poil et j'avais mal aux pieds. J'ai dit « bonsoir » puis j'ai poussé la porte du fameux cabinet. Il s'agissait d'un salon tout doré, rutilant de moulures, d'angelots et de candélabres. Un sofa

1. Demoiselles qui accompagnent une dame de haute noblesse lors de ses apparitions en public.

rouge vif en occupait le centre. J'ai envoyé valdinguer mes godasses et je me suis couchée. J'avais faim, j'aurais pu avaler deux tonnes de frites arrosées de ketchup, mais comme la princesse n'avait pas l'air disposée à se mettre à table, j'ai décidé de dormir. De son côté, elle a sonné ses chambrières. Six servantes ont accouru. Elles ont commencé à lui enlever ses vêtements, ses petits souliers... tout ça avec beaucoup de précautions, comme si on leur demandait de manipuler une poupée de porcelaine susceptible de se briser au premier faux mouvement. Je n'en revenais pas. Amandine se laissait faire, les yeux mi-clos. Incroyable ! Sous sa robe d'apparat elle portait trente-six jupons, ça représentait assez de tissu pour tailler les voiles d'un trois-mâts.

Je me suis endormie avant la fin de la cérémonie.

Au cours de la nuit il s'est passé quelque chose de bizarre. J'étais assoupie, bien sûr, mais j'ai vu distinctement une tête sortir du mur pour m'observer, les yeux plissés par la méfiance. C'était une tête de petit bonhomme chauve, à l'expression méchante. Je n'ai pas bougé ; au bout d'un moment, la tête est rentrée dans le mur pour ressortir plus loin, dans la chambre d'Amandine. J'ai pensé : « Un passe-muraille... » J'en avais entendu parler mais je n'en avais jamais vu. Pourquoi nous espionnait-il ? En entendant Amandine murmurer des paroles indistinctes, j'ai compris qu'elle avait l'habitude de parler pendant son sommeil. Beaucoup de gens le font. Le passe-muraille essayait manifestement de comprendre ce qu'elle disait. Je ne m'étais pas trompée. Nous étions bien en présence d'un espion.

Pour rigoler, je me suis mise moi aussi à chuchoter d'une voix plaintive. Je disais des trucs sans queue ni tête comme : « Agura grobis, rastafa tambourin, nictalopos zabapoum... » Aussitôt, la tête a crevé le mur tout près du divan pour mieux saisir mes paroles. Sans doute croyait-elle que je parlais dans une langue étrangère. Ça m'a amusée cinq minutes puis j'en ai eu assez. Le passe-muraille a disparu.

Amandine m'a réveillée à l'aube. Elle était enveloppée dans une robe de chambre en fourrure.

— Viens, a-t-elle ordonné, sortons du château avant que mes servantes ne se présentent pour la toilette du matin. Je veux te faire voir quelque chose.

Je l'ai suivie. Le parc était noyé de brume. Les statues avaient l'air de fantômes en maraude. Amandine s'est dirigée vers la grille interdisant l'accès de la forêt. Encore une fois, il m'a semblé percevoir un concert de gémissements. Amandine a tiré de sa poche une clef dont elle s'est servie pour déverrouiller une porte métallique à la serrure compliquée. De l'autre côté s'étendait une végétation serrée, hérissée de buissons épineux.

— Examine les arbres, m'a chuchoté la princesse. Ne vois-tu rien de particulier ?

J'ai sursauté. Sur chaque tronc on avait sculpté une figure humaine à l'expression attristée. Les visages étaient tous différents les uns des autres. Tout à coup, l'un d'eux a ouvert la bouche et s'est mis à gémir. Des larmes de sève ont coulé de ses yeux.

— Voilà les Sylves dont je te parlais hier soir, a murmuré Amandine. Jusqu'à 14 ans, ils conservent une apparence humaine et vivent en notre compagnie, c'est alors qu'une force mystérieuse les pousse à pénétrer dans la forêt. Là, ils creusent un trou dans le sol, y enfouissent leurs pieds nus... *et se changent en arbre.*

– Quoi ?

– Oui, c'est ainsi. De cette façon, ils peuvent vivre deux ou trois siècles, bien davantage que les humains, mais ils sont condamnés à demeurer enracinés à la même place, pour toujours. Alors ils se souviennent de leur ancienne vie, celle qu'ils menaient au milieu des pauvres mortels, et ils se lamentent sans fin, car la vie d'un arbre est affreusement ennuyeuse.

J'ai regardé autour de moi avec plus d'attention. J'ai constaté qu'il y avait des visages d'hommes, de femmes et de jeunes gens des deux sexes. Amandine s'est avancée sous les frondaisons. Elle allait d'un arbre à un autre, caressant tendrement les figures sculptées dans l'écorce.

– Morgane, Laura, Anne, Emma... énumérait-elle.

Comme j'écarquillais les yeux, elle a daigné expliquer :

– Mes anciennes demoiselles de compagnie... de grandes amies... Nous nous sommes tant amusées ensemble, mais la malédiction les a rattrapées, et, une nuit, elles se sont échappées du palais pour venir ici. C'était plus fort qu'elles. Au matin, elles s'étaient changées en arbres. Je n'avais plus qu'à les pleurer. Elles me manquent. Oh ! Elles me manquent tellement !

– Je vois, ai-je fait. Flore est une Sylve, elle aussi. Voilà pourquoi vous l'enchaînez.

— La tradition exige que les demoiselles de compagnie des princesses du sang[1] soient obligatoirement des Sylves, a soufflé Amandine.

J'ai vu qu'elle était au bord des larmes.

— Pourquoi ? ai-je demandé, c'est cruel. Cela vous condamne à perdre toutes vos amies d'enfance.

— Oui, je pense que c'est justement ce que souhaite le Premier ministre. Il tient à ce que les princesses soient seules, sans appui, vulnérables. Quand on a des amies, on est tout de suite plus forte... et cela, il veut l'éviter. Il lui plaît que je reste solitaire, isolée. Pour l'heure, j'ai réussi à tricher en enchaînant Flore, mais cela ne durera pas éternellement. Je sais qu'elle finira par me fausser compagnie, même si son désir est de rester avec moi. L'instinct sera plus fort que tout. Elle franchira la grille, elle aussi, comme les autres.

J'ai profité de ce que nous étions loin du palais pour lui demander :

— Vous avez donc des ennemis ?

— Oui, a-t-elle soupiré, le Premier ministre me déteste. Tu le rencontreras fatalement au détour d'un couloir. Il se nomme Zafar de Kamilios. Il porte un masque de porcelaine.

— Pourquoi ?

— On dit qu'il est si horrible que la seule vision de sa figure suffirait à faire mourir de peur une escouade de chevaliers aguerris[2].

— Et c'est vrai ?

— Je l'ignore, mais je ne me risquerais pas à l'épier lorsqu'il l'ôte pour se débarbouiller. C'est un homme

1. De sang royal.
2. Endurcis par la guerre.

méchant, cruel, à qui mon père accorde, hélas, toute sa confiance.

— Cette nuit, ai-je ajouté, j'ai surpris quelque chose de curieux. Une tête qui sortait des murs pour nous espionner. De quoi s'agit-il ?

Amandine haussa les épaules.

— On les surnomme les petits bonshommes, ce sont des passe-muraille au service de Zafar. Des espions, comme tu l'as deviné. Le soir, les cuisiniers de la Bouche royale[1] ont ordre de mêler à la nourriture une drogue qui contraint les gens à révéler leurs pensées les plus secrètes pendant leur sommeil. C'est un produit très efficace ; si on l'absorbe, on ne peut s'empêcher de parler en rêve, et de dire tout ce qu'on cache au fond de son âme. La mission des bonshommes consiste à écouter ce que bredouillent les dormeurs, et à le rapporter à leur maître, Zafar. Grâce à ce subterfuge, il lui est possible d'étouffer les complots dans l'œuf. Il est malin, il sait qu'on le déteste. À trois reprises, déjà, des nobles de la cour ont projeté de l'assassiner. Ils n'en ont pas eu le temps. La drogue les a forcés à parler pendant leur sommeil. Au matin, les gardes sont venus les arrêter. Voilà pourquoi je me passe de dîner. Je préfère me coucher le ventre vide. Pour ne pas décevoir les passe-muraille, je fais semblant de parler en dormant. Je bredouille des choses sans intérêt. Zafar me prend pour une coquette, une idiote sans cervelle ayant la passion des rubans... Ça me convient tout à fait. Cela me permet de gagner du temps. Si tu veux rester ici, tu devras te montrer prudente. N'absorbe aucune nourriture le soir, pas même un verre d'eau.

1. Dénomination des services assurant l'alimentation du souverain, depuis l'achat de la nourriture jusqu'à son arrivée sur la table du roi.

À présent retournons dans le parc. Notre absence pourrait paraître suspecte.

Nous avons une nouvelle fois franchi la grille dont Amandine a soigneusement verrouillé la porte. Le jour étant levé, on pouvait désormais libérer Flore. Nous l'avons trouvée effondrée sur les marches, épuisée d'avoir lutté toute la nuit contre les menottes. Elle avait les poignets en sang. Je l'ai débarrassée de ses liens. Elle a levé sur nous ses yeux battus.

— C'est de plus en plus fort, Votre Altesse, a-t-elle murmuré en regardant la princesse. Je ne serai plus capable de résister bien longtemps encore. L'appel de la forêt devient trop puissant. Cette nuit, j'ai bien cru que j'allais me ronger les mains pour me libérer, comme les renards pris au piège. Je suis désolée de vous abandonner... Une nuit, que je devine proche, j'irai rejoindre les miens, derrière la grille. Telle est la loi des Sylves. Me le pardonnerez-vous ?

La princesse l'aida à se relever et la serra dans ses bras. Elles restèrent ainsi une minute, à pleurer chacune sur l'épaule de l'autre ; puis Amandine recula.

— Je dois regagner ma chambre, souffla-t-elle, les servantes vont se présenter pour la cérémonie du lever. Normalement je n'ai pas le droit d'enfiler une pantoufle hors de leur présence. C'est encore là une idée du Premier ministre pour me contrôler en permanence.

Alors qu'elle tournait les talons, elle se figea et revint vers moi.

— Sois très prudente, chuchota-t-elle en me touchant l'épaule. Je crois que Zafar ne t'aime pas beaucoup. Tu veux voir ce que m'a prédit ce matin mon éventail-horoscope ?

D'un coup de poignet, elle déploya l'éventail sous mes yeux. Sur la soie, mon visage était peint avec une grande minutie. J'avais les yeux fermés et une tache de sang sur le front.

En fait, j'avais l'air tout à fait morte.

Composition Nord Compo
Achevé d'imprimer en Espagne
par Rosés
le 2 février 2007.
Dépôt légal février 2007. EAN 978-2-290-35521-3

Éditions J'ai lu
87, quai Panhard-et-Levassor, 75013 Paris
Diffusion France et étranger : Flammarion